千月さかき　イラスト○東西

口絵・本文イラスト
東西

装丁
木村デザイン・ラボ

Contents

プロローグ

彼女の銀色の髪が、細い身体にからみついてる。

長い耳——エルフ耳が、小さく震えてる。

「わたしは……ナギさまのものです」

固いベッドに腰掛けた彼女は、僕の目をまっすぐに見返して、つぶやいた。

うん。わかってる。

答える代わりに僕は、彼女の細い首に巻き付いてる首輪に触れた。

銀色の金具を、ちりん、と鳴らすと、彼女はくすぐったそうに、身を縮こまらせる。

僕は彼女の隣に座り、小さな身体を抱いてる。彼女が着てる薄っぺらな奴隷服を通して、熱い体温が伝わってくる。速すぎる鼓動も。むきだしの肩をつたう汗も。

軽く抱いてるだけなのに、彼女の褐色の肌が火照っていく。

……でも、暗くてよくわからないな。

宿屋には、小さなランプがあるだけ。

薄いガラスの筒の中で、あわい光の玉が揺れている。

それは僕と彼女の顔をぼんやり照らすのが精一杯だ。

「セシル、魔力で光を強くできる？」

「……ナギ……さま？」

「ふたりともはじめてだし、うまくいかなかったら大変なことになるから、セシルのすべてが、僕によく見えるように」

「はい……ごしゅじん、さま……」

セシルは細い指で、ランプに触れた。

光の玉が、ガラスの筒の中いっぱいに広がる。

ベッドに置いたランプが、セシルのすべてを照らし出す。

よし。これで、はっきりと見える。

褐色の、やわらかそうなほっぺた。

ここが異世界だってすぐにわかる、赤色の神秘的な瞳（ひとみ）。

膝（ひざ）に乗せた両手も、ゆらゆらと揺れてる両脚も。

どこも華奢（きゃしゃ）で、たよりなくて、下手に力を入れたらこわれちゃうんじゃないかって心配になる。

セシルは僕がこれからしようとしていることがわかってるみたいに、綺麗（きれい）な手の指を、軽く握って、開いて、握って……その繰り返し。

セシルはちっちゃい。身長は１５０センチもないんじゃないかな。

薄い布の奥で、小さな胸が上下してる。

スカートがめくれあがってるせいで、脚の付け根まで見えそうだ。

「ゆっくりと、やるから」

セシルを落ち着かせるように、僕は言った。

「はじめてだから、セシルをこわさないように、ゆっくり」

「お願いします」

決意したように、拳をぎゅ、と握りしめ、セシルは言った。

「ナギさまの手で、新しいわたしに変えてください」

「よく言った。それでこそ、僕の奴隷だ」

「ナギさま……」

僕はセシルの左胸に手を当てる。見た目はちっちゃいけど、やわらかい。

そっと乗せた僕の手のひらを押し返してくる。

僕は集中する。セシルの中から、彼女も知らない自分の使い方を引っ張り出すイメージだ。

奴隷のセシルと、ご主人様の僕。

これは僕たちのはじめての共同作業だ。

「いくよ、セシル」

「はい、ナギさま」

セシルの吐息を感じながら、僕は宣言する。

「発動――『能力再構築』」


どうして僕が奴隷少女のセシルと旅をすることになったかというと――

すべてのはじまりは、今から数時間前のことだった。

第1話「異世界で王様に嫌われて学校の生徒とケンカしてゴーストに気に入られる」

学校に行く途中で、乗ってたバスが事故った。

正確にはバスがまるごと空中に投げ出された。

……ここ通学路だよな。崖なんかなかったよな……？

疲れてるのかな。

昨日も日付が変わるまでバイトしてたから。

いくら生活が苦しいからって、中間テストの前日に12時間もバイトを入れるのはよくないよな。

僕がシフトを入れたわけじゃなくて、気がついたら3日連続で入れられてたんだけど。無視すると家どころか学校に電話が来るから。

バスは垂直落下を続けてる。

これが、死の直前の時間は長く感じる——ってやつか……。

そっか、これで死ぬのか。あんまりいいことなかったなー。

せめて学校を卒業して、まともな社会人ってのを経験してからにしたかったな。

でもまぁ、しょうがないか。

そうして、僕が覚悟を決めたとき——

視界が真っ白になった。


気がつくと、僕たちは光り輝く大広間に立ってた。

床には長い絨毯が敷いてあって、その先には金色の玉座があった。

バスは消えてる。落下の衝撃もない。僕を含めて乗客は全員、玉座の前に並んでる。

なにこれ。

「ようこそ。導かれし者たちよ」

「この世界は魔王の侵攻にさらされている」

「だからあなたたちが召喚された」

玉座に座った王様っぽい人と、ローブを着た魔法使いっぽい人が、交互に喋ってる。

……異世界召喚。

本とかで読んだことはあるけど、実際にあるんだ。

でも、別に感動しないな。

小さい頃から、家の都合で転校を繰り返してきたせいかな。環境が変わるのは慣れてるからか。

それとも、王様と魔法使いの目つきから、嫌な予感を感じるせいかな。

「どうか、異世界からの勇者よ」

「選ばれた者たちよ」

「「今まさに暗黒に包まれようとしている世界を救ってはくれないだろうか。我々は君たちの力を必要としているのだ――」」

ふたりとも、僕がよく知ってる、ブラックなバイトの雇い主の目をしてる。

問答無用で呼びつけて、無理矢理仕事を押しつける。

おまけに具体的な話はなにもない。

……鳥肌が立つ。逃げ出したくなる。

なのに王様っぽい人たちは、高らかに声を張り上げてる。

勝手に話を進めようとしてる。

やばい。こいつらやばい。

「異世界人にのみ与えられる特別なスキルで魔王を倒し、この世界を救って欲しい」

「魔王を滅ぼしたその時、元の世界へ戻る道も開けよう」


「敵の規模は？　人間側の戦力は？」

僕は思わず口走ってた。

「報酬は？　最初にこの国の通貨で４００アルシャくれるって話だけど、この世界の貨幣価値はどうなっている？　４００アルシャで一般家庭の人たちは何年暮らせる？　定期的な報酬はあるのか？　それは成果による？　それとも固定給与？」

「今から転移魔法で辺境の砦に送るって言うけど、それっておかしくないか？　こっちはこの世界のことをなにも知らないのに？　文化体系や食料事情とかもわからないし、そもそも前線に送られちゃったら一般の生活になじむこともできない。逆らって放り出されることを考えたら、そっちの命令に従うしかなくなる。それってどうなの？」

「いや、魔王を倒したら元の世界に戻すと『契約』するとかそういう話じゃなくて。武器も装備も与えるってそういうことじゃなくて。我々を信じてくれってそういうことでもなくて！　選ばれた勇者とかそういうことが問題なんじゃないって。僕の言いたいのは雇用形態と労働内容についての話で――」

追い出された。

「ちょっと待ってくれないか」

衛兵に急(せ)かされて王宮の廊下を歩いていたら、後ろで声がした。

振り返ると、僕と一緒に召喚された生徒がふたり、立っていた。

眼鏡をかけた男子と、ポニーテールの女子。

男子は髪を綺麗に整えてまじめそう。女子はいかにも体育会系、って感じだ。

「国王陛下には許可をいただいた。彼と少し話をさせてくれないか」

眼鏡の男子が言った。

衛兵が廊下の向こうを見た。玉座の間に通じる扉の前で、別の衛兵がうなずく。

衛兵たちは槍を下ろして僕から離れた。

生徒ふたりは、その間に僕の前にやってくる。

「……なんのつもりだよ」

僕は聞いた。

できるだけ早くここから離れたいってのに、今更なんの用があるんだろう。

「僕は追い出された身だ。関わらない方がいいと思うけど」

「まずは自己紹介させてくれないか。俺はヤマゾエ。君と同じ学園の生徒会長をしている。こっちは幼なじみで副会長のタキモトだ。君は？」

「ソウマ。ソウマ＝ナギだよ」

僕は短く答えた。

衛兵は……やっぱり、こっちを見てるな。

できるだけ王様関係に個人情報を知られたくなかったんだけどな……。

この場合は仕方ないか。無視して走り出したら、衛兵に警戒されるし、最悪、後ろから刺されるかもしれない。

「君を引き留めに来たんだ。私たちと一緒に勇者になって、この世界を救わないか？」

ヤマゾエは穏やかな笑みを浮かべて、言った。

すごいな生徒会長。王様に追い出された奴にまで親切にしてくれるのか。

じゃあ、こっちもその気持ちには応えなきゃいけないいな。

「断る。僕と王様の間で、もう話はついてるんだ」

僕は王様の依頼からブラックな気配を感じた。

王様は、僕みたいにめんどくさい奴はいらないと言った。

だから僕は、素直に追い出されることにした。

その方が、生き残る可能性が高いって思った。王様の依頼は本能的に無理だった。

だけど、他人がどう考えるかは別の話だ。

僕が絶対に正しいなんて保証はない。もしかしたら、王様の依頼は元の世界でもびっくりなホワイト企業的なものかもしれない。残った方がラッキーだった、って可能性だってある。

「あんたたちが勇者をやりたいなら、やればいい。邪魔はしないし否定もしない」

「そんなさみしいことを言わないでくれ」

ヤマゾエは僕に向かって手を差し出した。

副会長のタキモトは、そんな彼をうっとりした目で見てる。ああ、そういう関係か。

「俺たちのグループを中心に、みんなはまとまりつつある。あとは、君だけなんだ」

「まとまりつつあるならそれでいいだろ。僕は行かない」

僕は衛兵の方を見た。彼らはこっちを遠巻きにしてる。

うかつなこと言って、敵視されても困るからなぁ。

ここは当たり障りのないことを言っておこう。

「さっきも言ったけど、敵とこっちの戦力、戦闘条件。ここから辺境までの地理とか物価とか、雇用条件とか労働条件――とにかく詳しい情報がわからない以上、国王陛下の依頼は受けられない。というか、受けるかどうかの判断だってできないんだ。少なくとも、僕は」

「不満があるのはわかるよ……だけど」

ヤマゾエは差し出した格好のまま止まった手を、ぐっ、と握った。

「だけど俺たちは運命に認められ、王様に信頼された勇者だろ？　世界を救うという重要な仕事を任された存在だろ？　その信頼と期待に応えないでどうするんだよ⁉　他人をさしおいて勇者に選ばれた俺たちには、使命を果たす義務があるんじゃないのか⁉」

廊下いっぱいに響く叫び声とともに、ヤマゾエは天井に向かって拳を突き上げた。

後ろにいるタキモトは感動したみたいにうなずいてる。

寒気がした。こいつら、やばい。

前にやったブラックバイトの同僚にもこんな奴がいたんだ。上司の訓示に合わせて雄叫(おたけ)びをあげて、まわりの仲間を休みなしの殺人的シフトに巻き込んだ奴が。『期待に応える』が口癖で、２週間後にゾンビみたいな顔になって辞めてったけど。

わかってるのか、この二人。今の状況が。

王様はこの世界のことをなにも知らない僕たちを呼び出して、辺境に送るから魔王軍と戦えって言ってんだよ？　でもって今のところ、僕にもヤマゾエたちにも必要な情報はなにひとつ教えてくれてないんだよ？

でもヤマゾエは希望に満ちた顔で、

「そもそも雇用条件や労働条件を、仕事をしないうちから聞くなんて失礼だろう？　そういうことはまず成果を上げて、信頼を勝ち取ってから聞くべきだと思わないか？」

……ごめん。なに言ってるのかわかりません。

「成果ってなんだよ」

「それは王様に聞いてみないと」

「聞いてみろよ。大事なことだろ？」

「だからそれはあるていど成果を上げてから――」

「ループしてる⁉」

頭が痛くなってきた。

なのにヤマゾエの後ろでは、タキモトが彼に熱い視線を送ってる。

え、本気(まじ)で？　今の話を聞いて、おかしいとか思わないの？

「聞いて、ソウマくん。王様は『選ばれし者たち』として、私たちを召喚したんだよ？」

「うん。それで？」

「……うん。それから？」

「王様はこの国で一番偉い人で、つまり国で一番大きい会社の社長みたいなものなんだよ？」

「そんな人を疑うなんてどうかしてるよ。ちゃんと私たちのことも考えてくれてるに決まってるじゃない。だって、私たちは『選ばれし者』なんだから！」

……あ、なんとなく、わかった。

この二人、僕の話なんか聞いてないんだな。

僕はただ、具体的な話がなくて、期待値だけで人を動かそうとする職場は危険だって言ってるだけなのに。王様が労働条件をきちんと話して、辺境までの地図でも見せてくれれば済む話なのに、それもない。だから信用できない。それだけだってのに。

だんだん腹が立ってきた。

どうしてこいつらは、そんな状況に僕まで巻き込もうとするんだ？

「君がどうしてそこまで警戒してるのかわからないな」

「王様の依頼がブラックだからですがなにか？」

「ああ、そっか、君は召喚されて自分が変わったことを、よくわかってないのか……」

ヤマゾエが小声になる。

衛兵たちを警戒してるのか、僕に顔を近づけてくる。

女子生徒——タキモトが衛兵の視線をさえぎる位置に移動する。

「——お、おい。ちょっと⁉」

やめろ。なに考えてんだ。

これじゃ僕たち異世界人が、「衛兵たちに聞かせたくない話」してるのがまるわかりじゃないか。

この世界の多数派を警戒させてどうする⁉

「……いいか、よく聞いてくれ」

でもヤマゾエは気づかない。

にやりと笑って、とてもいいアイディアを思いついたように、僕に語りかける。

「……俺たちにはこの世界の人間にはない、特殊なスキルがあるって話だ。いざとなったら全員でこの世界の軍隊を制圧することだってできる。恐れることなんかなにもないじゃないか」

…………は？

いま、なんて、言った。

こいつ、いま、なにを。

「――ふ、ふざけんなあああああああああああっ‼」

僕は思わずヤマゾエの胸ぐらをつかんだ。

だめだ。

こいつとは組めない。

半径1キロ以内に近づきたくない。会話もしたくない。

元の世界から来たみんながこいつに同意してるなら、遠く離れて二度と出会いたくない！

「くだらねぇこと言ってるんじゃねぇ！　僕はお前たちの仲間になんかならない！　滅びるなら他人を巻き込まずに勝手に滅べ！　失せろ――二度と僕に近づくな‼」

「――な？」

僕の剣幕に驚いたのか、ヤマゾエが王宮の廊下に尻餅をついて、目を見開く。

本当に気づいてないのか？　こいつ。

今、どこで、自分がなにを言ったのか。

異世界召喚された僕たちには特殊なスキルがある――それは王様が言った通りだろう。

そしてそれがこの世界にあるものより強力だってのも確かだ。そうじゃなかったら、王様が僕たちを召喚する理由がない。

ああ、可能だろうよ。

特殊なスキル――チートスキルを全員で使えば、この世界の軍隊を制圧することだって。

だけど、なんで今それをここで口にする⁉

王宮で！　一番監視が厳重なところで！　衛兵が遠巻きにしてる今‼

どうして、聞かれたらこの国全部を敵に回すようなセリフを声に出す⁉

離れてるから衛兵には聞こえない？　そんなのわかるか！

聴覚が優れてる種族だったら？　読唇術が使えたら？　なにかのスキルを持っていたら？

こっちに向こうの能力（スキル）はわからない。

でも、僕たちにチートスキルがあるってことだけは、王様にはわかってる。

だから、王様だって僕たちを警戒してるし、対抗手段くらい準備してるはずなんだ。

だってそうだろ？　王様は僕たちを辺境の戦場に転移させる準備までしてた。説明だって手慣れた感じだった。まるで、前にも同じことをしたことがあるみたいに。

もしも僕たちよりも前にこの世界に召喚された勇者がいるなら、王様は僕たちが敵に回ったときの対策だって取ってるはずだ。そんなの、少し考えればわかる話だろ⁉

……冗談じゃない。

この世界の人間に危険視されたくなくて、必死で「無能」オーラを振りまいてたってのに。その方が、自由になって生き延びるのに一番いいって思ったから。なのに――。

「僕は勇者にはならない。なれないんだ。そんな強いスキルはない！　役立たずだから逃げた。それでいいだろ！　とっとと勇者仲間のところに戻れ！」

だから、こいつとは組めない。

召喚された連中がみんな、こいつらの仲間なら、一緒にはやれない。

「ちょっと、それってひどくない？」

呆然（ぼうぜん）としてるヤマゾエの後ろから、タキモトが声をあげた。

ポニーテールの髪を揺らして、僕とヤマゾエの間に割って入る。

「会長は君のこと心配してるんだよ？　異世界でひとりぼっちになったら死んじゃうよ？」

「たぶん、一人でいた方が生存確率は高いと思う」

こんなあぶなっかしい連中と一緒にいるよりは。絶対に。

「協力した方が絶対にいいって。バスに乗ってたみんな、私たちの友だちなんだよ？　紹介してあげるよ？　みんな勇者をやるってことで、全員納得してるし、燃えてるんだよ」

そっか。そこまでしっかりまとまってるのか。

じゃあ、僕が説得してもだめかな。

ブラックバイトを繰り返してた経験から、王様の依頼には相当危険なにおいがするって。

そういうこと、言っても。

「あのさ、生徒会のひと」

「…………？」

「多少チートスキルがあったってさ、世界のルールを知ってる奴らの方が強いんだよ」

わかれよ。

勇者だって、なにも知らない現在は最弱なんだよ。

勇者を召喚することに慣れてて、対策をしてるはずの集団には敵わないんだよ。

「あ、ああ。そ、そうなのか、ふーん」

でもヤマゾエは生返事。やっぱり、僕の言葉なんか聞いてない。

……こいつら本当に、選ばれた勇者をやりたいんだな……。

「時間です。勇者さま」

がちゃん、と、衛兵が僕と会長たちの間に、槍を突き出した。

「国王陛下と勇者さまのお慈悲は理解しています。けれど、もう十分でしょう」

「勇者でも救えない者はいるのです」

「世界の危機は一刻を争うのです。どうぞ、陛下の元へ。他の勇者が待っています」

口々に、衛兵たちは言う。

会長たちは、なにかに殴られたように、はっとなった。

「……そうだな。残念だが、俺たちは世界を救わなきゃいけない」

「会長……」

ヤマゾエががっくりと肩を落とし、タキモトがそれを抱き留める。

……芝居がかったセリフだった。

まぁ、いいか。

言うべきことは言った。できるだけの忠告はした。

あとはあいつらの問題だ。チートスキルが本当にあるなら、生き延びるくらいはできるだろ。

「じゃあ、僕は行くから」

王様の提案を受け入れるのは本能的に無理だし。あくまで「僕にとっては」だけど。

衛兵が槍を構えて、出口に向かって歩くように僕を急かす。

言われなくても、こんなところに用はない。

僕は頭の中で、王様の提案をもう一度思い出す。

うん……ブラックだ。

少なくとも僕には無理。本能的に。

僕の居場所は王宮の外だ。情報を集めて、どうやって生きるのかを決めて——生き残る。

それが当面の目的だ。


僕は王宮を出た。

鉄の門が、後ろで音を立てて閉じた。

ブラックな気配がする仕事から逃げられたのはいいけど……。

……さて、まずどうしたもんかな。

「やっちゃった……けど、しょうがないか」

王都の大通りを歩きながら、僕はつぶやいた。

考えてみれば、もうちょっと上手(うま)いやり方があったかもしれないよなぁ。

元の世界での悪い癖が出た。ブラックなバイト続きだったのがトラウマになってる。

うっかり王様を問い詰めちゃったのも、勇者志願の会長を怒鳴っちゃったのもそのせいだ。

でも、王様の依頼はなにかに似てるんだよな……。

あ、思い出した。

前に一回ひっかかったブラックバイトだ。現場までワゴンで連れてかれて、仕事終了と同時に放り出されたやつ。最寄り駅（徒歩2時間半）まで送って欲しければ、ガソリン代としてバイト代半分よこせって言われたっけ。あれはきつかった……。

王様の依頼は、そういうのに似てるんだ。

今回は仕事する前に放り出されただけ、まだましかな。

覚悟を決めて……状況を確認しよう。

ここはサバラサ大陸にあるリーグナダル王国、その王都。

王都というのは王様がいるところで、その国一番の大都市だ。

で、あっちに見える白くて立派な建物が、さっきまでいた王宮。

僕がいるのは王宮からちょっと離れたところにある広場で、四方に延びた広い石畳の通りが交わるところ。僕はそのあたりを歩いてる。

ファンタジー世界だからか、町を歩いてる人種もいろいろだ。耳の長いエルフもいれば、背の低いドワーフもいる。獣耳をしてるのは獣人族だろう。

通りが交わるところは人が集まる場所なわけで、まわりには店や屋台が並んでる。

武器屋や道具屋、薬草や果物を売ってる店なんかもある。

――しかし、異世界に飛ばされたってのに、ぜんっぜん驚いてないな自分。

小さいころからネグレクト受けて、親戚をたらい回しにされたり転校を繰り返したりしてたせいで、環境が変わるのには免疫ができてる。世界のルールなんて確かなように見えて、場所によって都合良く変わるんだ。

それがちょっとスケールが大きくなっただけだな。うん。

「うまいよー。デンガラドンイノシシの串肉だよー」

「ひとつください」

僕は屋台の前で足を止めた。

「まいど、1アルシャ」

ごついおっちゃんが、脂の乗った串肉を差し出してくる。

僕は銀貨を1枚――1アルシャをおっちゃんに渡した。

「ところで、王都は初めてなんだけどさ。宿の相場ってどのくらい？」

「ん？　20アルシャもあれば貴族御用達の上等なのに泊まれるぜ。並なら15。腕が立って仲間がいるなら10を切るのに泊まってもいいけど、おすすめはしねぇな」

「ありがと。それじゃ」

おっちゃんに手を振って、僕は屋台を離れた。

広場の隅っこ、植え込みのあたりに腰掛けて、串肉をほおばる。

脂っこいけど、そこそこ美味しい。そういえば朝ごはん食べてなかったっけ。

さて、問題はこれからどうするかだ。

王様は気前よく、400アルシャが入った革袋をくれた。

中身は銀貨が100枚に、金貨が3枚。

銀貨1枚が1アルシャ。金貨は1枚で100アルシャ、ってことらしい。

自分が異世界から呼び出した人間をすっぱだかで放り出すのは、さすがに気が引けたんだろう。

武器(ショートソード)も、防具(革のよろい)も、この世界の服も取り上げられなかった。あとの持ち物はバックパックに入っている薬草と2食分のパンと干し肉。

今のところ、これが僕の全財産だ。

遠慮なくもらっとこう。もともと王様が自分の都合で僕たちを召喚したんだし、これで貸し借りなしってことで。

「串肉が1アルシャ。パンやおかずをつけると、一食2から3アルシャ。宿屋が15アルシャって考えると、一日に必要なのは20アルシャ前後。400アルシャあれば、20日は生きていけるか」

その間になんとか、収入を得る方法を考えよう。

……大丈夫かな。

やっぱり……王様の依頼を素直に受けといた方がよかったかな——

「…………うわ」

考えた瞬間、寒気がした。鳥肌が立った。

うん。駄目だ。本能的に駄目。

王様の依頼はすごく不穏な気配がする。

高校3年にしてブラックバイトを5回も経験した僕に言わせれば、だけど。

落ち着いて考えてみよう。

まず、最初の所持金400アルシャ。これは多いか少ないか？

仕事の中身から考えれば、少ないと思う。

王様の言うことを聞いて衣食住を保障してもらえるなら、十分な金額かと思うかもしれないけど、そもそもその衣食住がどのくらいのレベルで提供されるのかがわからない。

送られるのは辺境の前線だ。部屋も食事も僕たちに合うかわからない。不満があったら、400アルシャを取り崩して自分で手配するしかない。

おまけに転移魔法で辺境に送られるってことは、そこまでの道を覚えられないってことだ。

魔法で移動させるくらいだから、辺境の前線まではかなり距離があるはず。

この王都が普通に賑（にぎ）わってるのがその証拠だ。魔王の脅威がすぐ近くまで迫ってるなら、みんなのんきに買い物なんかしてるわけがない。

つまり、前線に行った僕たちは、自力では帰ってこられない。

前線から王都まで、どのくらいの距離があるのか。文明圏に戻る道があるのかだってわからない。

チートスキルで、その物理的な「距離」をどうにかできるとは思えない。完全に野生化して生き延びるなら別だけど。

僕たちは、この世界の地理をまったく知らない。

つまり前線に送られてしまったが最後、僕たちは雇い主のルールに従うしかない。

金が欲しければ魔物と戦え。

食事がしたければ魔物と戦え。

治療して欲しければ成果を上げろ。

というか、元の世界に戻りたければ魔王を倒すまで戦い続けるしかない。

本当に元の世界に戻れるかどうかなんて、わからないってのに。

これって、かなりブラックな仕事だと思うんだけどなぁ……。

「……いやまぁ、考えすぎかもしれないけどさ」

どっちみち、僕のスキルは『勇者』には向いてない。

魔王と戦ったら、たぶん、即死する。

「とにかく、このスキルでどうやって生きていくか、だよな」

王様は「異世界から召喚された者には特殊なスキルが与えられる」って言ってたっけ。

でも、僕に与えられたスキルは戦闘には使えそうもないものばっかりだった。それに全体的にレベルが低すぎだ。なんだこれ。

固有スキル　『能力再構築(スキル・ストラクチャー)LV1』
通常スキル　『剣術LV2』『強打LV1』『掃除LV1』『分析LV1』『異世界会話LV5』

特に固有スキルの『能力再構築』が、まったく意味不明だった。

剣術や強打はわかる。掃除もわかる。分析もわかる。

異世界会話は、リアルタイムでまわりの言葉を翻訳してくれてる。

他のスキルはイメージするだけで効果がわかるのに『能力再構築』だけは、どんなスキルなのか
わからないってどういうことだよ。これ、僕だけの固有スキルだよな？

「『能力再構築（スキル・ストラクチャー）』──発動」

スキルを発動すると、僕の前に小さなウィンドウが現れる。

誰もこっちを気にしてない。ってことは、これは僕だけにしか見えてないんだろう。

で、このウィンドウにスキルをセットする。

これは頭の中で『セットする』ってイメージするだけでいいらしい。

例えば『強打ＬＶ１』をセットすると。


『強打ＬＶ１』

『低レベルモンスター』に『強力なダメージ』を『与える』スキル

って、文字が表示される。

それだけ。

「……このスキルで勇者をやれって……？」

前線に行きたくなかった最大の理由はこれだ。

スキルの使い方がわからない。戦闘用なのか、補助用なのかもわからない。

こんな状態で辺境の最前線に送られたら、取り返しがつかないことになる。

だったら、町で生き残る手段を探した方がましだ。町中なら戦闘職以外の仕事だってあるかもしれない。選択肢は多いほうがいいし。

持ち金は400アルシャ。

それが尽きる前に、なんとか生活する手段を見つけよう。

元の世界は……「戻れたらラッキー」ってくらいで。

それほど愛着ないし。

これからの目的は『生き残ること』。

できれば『普通の幸せ』を手に入れること。

ここがどんな世界なのか、注意深く探りを入れる。利用されないように。とにかく、異世界に来てまで無理矢理働かされるなんてまっぴらだ。

ブラック労働とは決別だ。もう誰からも利用されたりしない。

目立たないように、地雷を踏まないように慎重に生きよう。

そして最終目標は、働かないで生きていけるようになること。そのために——

「そのためには……どうしたもんかな……」

『面白いスキルを見せてもらった。手を組まないか？』

声がした。

僕の頭の中で。

……精神感応（テレパシー）？

ゲームとかでよくあるやつだ。

神殿に入ると神様や精霊がいきなり話しかけてくるシチュエーション。

異世界だから、そういうことがあってもおかしくないな。うん。

どこから話しかけてきてるんだろう？

まわりを見回しても、僕の方を見てる人はいない。

まだ昼前だからか、広場は人であふれてる。

店もたくさん出てる。さっきの焼き肉の屋台。果物を売る店。名物（自称）の肉包みパンっぽいものを売る店。薬草や傷薬を売る店。露店以外にも、武器や防具の店もあるし、水晶玉を売ってる店もある。首輪と鍵（かぎ）のマークの看板が出てる店は――なんだろう。

とにかく人が多すぎる。どこから話しかけてきてるのかわからない。

ってことは『誰が』話してるのかを考えてもしょうがない。

『何を』話そうとしてるのか、そっちに集中しよう。

飛びつくな。情報を引き出せ。こっちは異世界初心者なんだから。

「……手を組む？　意味がわからないな」

『こちらが提供できるのは情報だけだ。お前、「来訪者」だろう？』

「来訪者？」

『別の世界から来た人間のことだ。そういうものが召喚されていることは知っている』

「一応聞くけど……お前は誰だ？」

『実体はないよ。過去の残留思念（ざんりゅうしねん）。いわゆるゴーストのようなものだ』

……なんだ、ゴーストか。

神様とか精霊とか、もっとすごいものかと思ってた。

剣と魔法の世界で「私はゴーストだ」って言われても全然怖くないな。

「つまりお前は、この世界に心残りがあって存在している。それを解消するために僕と話してるってことか」

『理解が早いな』

ゴーストの姿は見えない。口調はフレンドリー。恨みとかは持ってなさそうだ。

心残りといっても、そんなたいしたものじゃないのかな。

信用するかどうかは、まだ保留だけど。

「そのゴーストが、僕になにを教えてくれるって?」

『この世界のルールと、お前のスキルの使い方を』

「ゴーストがどうしてスキルの使い方なんか知ってるんだ?」

『我々は長く生きている……いや、長く生きていたからだ。来訪者には、お前のような世界のルールをひっくり返すスキルを持つ者がときどき現れる。選ばれし者という奴だな』

「王様と言ってることが変わらないぞ」

『魔王と戦えとは言わないさ。我々はもうすぐ消える。世界に影響を与えることができない残留思念だから、他人のスキルを垣間見(かいまみ)ることもできるのさ』

ゴーストは少し、間をおいてから言った。

『「契約(コントラクト)」しよう。こちらはお前にスキルの使い方を教える。お前はそのスキルを使って、ある少女を助けて欲しい』

「『契約』？」

『この世界は「契約」がすべてだ。広場の先にある、水晶玉を売っている店を見ろ』

言われるままにそっちを見た。

店先で、男性が店の人間とやりとりをしている。

男性は、金貨があふれた革袋を店の人間に渡し、代わりに水晶玉を受け取る。男性はそれを自分の胸に押し当てた。

水晶玉は、すぅ、と、その胸に吸い込まれていく。

男性はまるで加速の魔法をかけられたようなスピードで走り去っていった。

『あれは「スキル」を売る店だ』

「スキルを？　この世界では、人の能力まで売り買いできるのか……？」

『本人の同意があればな。取り出すことでどんなスキルかを知ることができる。売れば、金に換えることもできる。隣を見ろ』

「首輪と鍵のマークの看板が出てるけど？」

『あれは、奴隷を売る店だ』

「——!?」

ちょっと待った。人まで売ってるのか？

ってことは……ここはゲーム的な「魔王が侵攻してきてるから勇者になって救ってください」って異世界じゃないってことか。スキルも人も売り買いできて、奴隷にして使役できるとか……。

「……王様から逃げてよかった」

『なに？』

「戦って、使えなくなったら放り出されて、金を得るためにスキルを売って、最後には奴隷行き……って流れが見えたような気がした」

『ああ。確かに。そういうこともあるだろうな』

ゴーストは『契約』のルールについて話しはじめた。

『契約』とは、お互いが同意の上で約束を守るって誓いを交わすこと。

それは物の交換だったり売買だったり、情報を与えるからこういうことをしてくれ、だったりする。

この世界には契約の神様がいて、『契約』した者同士には拘束力が働く。

『契約』を破った者へのペナルティは『不眠の呪い』。

最初は1週間おきに。次に数日おきに。最後には毎日。

眠りたいのに眠れない。

頭がぼーっとしても、意識がぼやけても、眠ることだけは絶対にできない。

それでも『契約』を果たさない場合は死に至ることもある。

それがこの世界を支配する『契約』のルールだという。

「……確か王様、魔王を倒したら元の世界に戻すと『契約』するって言ってたよな……」

逆に言うと、一度『契約』したが最後「魔王を倒さない限り、僕たちは元の世界に戻れない」ってことじゃないのか？　仮に王様が帰還の手段を握ってるとしたら——

怖いよ！　王様やっぱり真っ黒だよ！

他の人たちは……まぁ、もともと理不尽に召喚されてるんだし、疑問を持つ人もいるだろ。

なんとか『契約』を回避しててくれることを祈ろう……。

僕は気を取り直して、奴隷商人の店を見た。

煉瓦造りの建物で、窓には格子がはまってる。中の様子はわからない。

「僕に救って欲しい少女っていうのは、あの店にいるのか？」

『そうだ』

「どんな子だよ」

『あの店の中で、一番美しい少女だ』

「具体的には？」

『褐色の肌を持つ、背の低い少女だ。名前はセシル＝ファロット。彼女は人間に滅ぼされた魔族の最後の生き残りなのだ』

声は言った。

……『魔族』？

「『魔族』ってなんだ？　まさか、魔王の関係者か？」

『違う。魔王とは人間をおびやかす魔物の王を指す。人間とはまったく別種の存在だ。我々「魔族」はデミヒューマンの一種だよ。人間の亜種だ』

魔王の関係者じゃないのか……。

たしか、魔王は辺境で戦争をやってるんだっけ。

その関係者が、こんな王都のど真ん中で奴隷屋にいるなんてのは確かに不自然だ。

「でも……なんでデミヒューマンがそんな目に遭ってるんだよ」

ここはそういう人たちが、当たり前に存在してる世界なのに。

『魔族は、姿かたちは人間に近いが、並外れた魔力を持っていたが故に警戒されていたのだ。忌むべきものとして「魔族」と名付けられ、滅ぼされた。

戦争で、魔族狩りで、あるいは、天災や人災の原因と名指しされて。

魔物を操っているに違いない。人への復讐を企んでいるに違いない。疫病がはやっているのは魔族の呪いに違いない——そんなことが延々と繰り返されてきた。

我々は争いを好まない生き物だったのだが、もう、ひとりしか残っていない』

ちょっと待った。

じゃあ、こいつは、ただのゴーストなんかじゃない。

なんで気づかなかったんだ。こいつはずっと自分のことを『我々』って言ってた。

ひと一人分の残留思念なんかじゃない。もっとスケールが大きい。

こいつはきっと、種族全体の——

『我々は魔族すべての残留思念。集合体としての名前は「アシュタルテー」。

あの子が独り立ちできるようになるまで、保護してくれる主を見つけたら消えるものだ。

私たちの娘をもらってくれないか。「来訪者」よ』

第2話「スキルで組み直したスキルを使って少女を救う」

残留思念（ざんりゅうしねん）。

ゲームやアニメによく出てくる、この世に残った思いのかけら。

うん、そういうものがいてもおかしくないな。ここはファンタジー世界なんだし。

実際にいるんだからしょうがない。受け入れよう。

でも——

「その魔族の残留思念が、なんで僕に？」

『お前が自分の意思で道を選んだからだ』

……どういうことだ？

『この世界に来て間もないというのに、権力者からの提案に正面から疑問を呈した。我々のことも恐れることなく、冷静に情報を得ようとしている』

「こっちはこの世界の初心者だ。情報は必要だろ」

『さらに、居場所をなくしたというのに慌ててもいない。種族間の偏見もない。ただ、情報が信じられるかどうかだけを考えているだろう？』

「それって普通のことだろ」

『そもそもお前は、どうして国王から放り出されたのだ？』

「就業条件についてしつこく聞いたから」

『召喚されて間もないのだろう？　どうしてそんな真似をした？』

「……あのタイミングしかないって思った」

王様の依頼がブラックだってのは、ただの直感だ。

だから詳しい情報が欲しかった。条件が折り合わないなら、放り出されてもよかった。

それに……異世界から召喚された僕たちには、特別なスキルが与えられている。そしてあの時点では、王様はまだ僕のスキルがどんなものなのか知らない。

王様がこっちに危害を加えようとしたとして、仮に僕が強力な戦闘スキルを持っていた場合――まぁ、対策はしてるだろうけど、血みどろの戦闘になる可能性はある。そうなったら、他の来訪者たちの動揺を招く。

だから王様は僕をあっさりと追い出した。手切れ金を渡して。

そして僕は素直に追い出された。敵対する意思はないってことを示した。

情報を教えろ教えろって絡んだのは、こっちが無知だってことを伝えて、ほっといてもすぐに死ぬくらい無害な奴だって思って欲しかったから、ってのもあるんだけど。

『すばらしい。そこまで考えていたとはな』

アシュタルテーは、ほぅ、と、感心したようにつぶやいた。

『自分と国王、互いの利益を考えた結果か。結局お前は、情報が得られても得られなくてもよかったわけだな。たしかに、その時点での行動としては最適だ。すばらしい』

「かいかぶりすぎだよ」

『やはり大事な娘を預けるのにはお前が相応しいと、我々は判断する』

正面からほめられると照れくさい。

僕は単に、ブラック労働から逃げただけなのに。

『それに、この世界の異分子という点では、お前もセシルもたいして変わらぬだろう?』

「まぁ、ほっといたらすぐ死ぬってとこはそうかもな」

『ならば、似たもの同士で助け合えばいいさ。一生セシルの面倒をみろとは言わぬ。買い取って欲しいだけだ。魔族を差別している者たちの中にいるより、来訪者の仲間になった方がましだろう』

「代わりに、僕にスキルの使い方を教える?」

『ああ。それはお前を救うことにもなるはずだ。剣と魔法。力と契約。それらが支配するこの世界で、己のスキルを理解しないまま生き延びることは不可能だろう?』

「……確かにな」

固有スキルの使い方がわかってるのと、わかってないのとでは、生き延びる確率が全然違ってくるだろう。使い方をアシュタルテーが教えてくれるなら助かる。

『契約』するってことは、アシュタルテーも嘘(うそ)を教えることはできないわけだし。

「お前が僕のスキルについて詳しく知っていて、それを教えてくれる用意があるってのは、間違いないんだよな?」

『もちろんだ。我々が消えるまでの間に、お前のスキルについての情報をすべて与えよう。スキルで稼いだ金で、セシルを買い取ると約束してくれるなら。

彼女は、この数日はあの店にいるだろう。魔族であることは隠していて、店の者はセシルをダークエルフだと思っている。価格は12万アルシャと奴隷にしては安いらしい』

「簡単に言うな」

『契約(コントラクト)』かぁ。

つまりアシュタルテーにスキルの使い方を教えてもらったら、僕はあの少女を解放しなきゃいけない。いや、待てよ。これも王様と同じくらいブラックじゃないか？

僕がお金を稼ぐまで少女がその店にいればいいけど、誰かに買い取られてしまったら？

僕は彼女をどこまでも追いかけるのか？

だって『契約』ってそういうことだろ。

「うーん」

要は自分で『能力再構築(スキル・ストラクチャー)』の使い方を理解すればいいわけだ。

こういうのは前にもやったことがある。

バイトの合間に、趣味で同人ゲームを作ってたことがあるんだ。

高校を出たあと、なんか技術を身につけてないとブラック企業に買いたたかれるって思ったから。

ゲームは好きだし、プログラムとかシステムとかの勉強も楽しかった。それに、作ったゲームの評判が良ければそれが実績になって、ホワイトな企業に就職できたりするかもしれないから。

実際には評判最悪で、ゲームをアップした自分のサイトが炎上しただけだったけど。

それはともかく、スキルのシステムを理解しろって話だよな？

やってみよう。アシュタルテーと『契約』するのはその後でもいいさ。

僕はもう一度『能力再構築』を発動する。

出てきたウィンドウに『強打』をセット。

『強打LV1』
（1）『低レベルモンスター』に『強力なダメージ』を『与える』スキル

文字が表示される。
でも、ウィンドウには、まだスペースがある。
ここにもうひとつスキルをセットしたらどうなる？
来い。『掃除LV1』！

『掃除LV1』
（2）『部屋』を『掃除用具』で『綺麗(きれい)に片付ける』スキル

セットできた。
……なんとなく、システムがわかってきた。
『能力再構築』は、スキルの内容を解体することができるんだ。
難しく言うなら「スキルの概念化」。
分解して解体して……もしかしたら組み直すこともできるのか？
例えば、スキルを構成してる内容を入れ替えたらどうなる？
ウィンドウに指で触れてみる。

やっぱりだ。『低レベルモンスター』や『掃除用具』って言葉が動かせる。

だったら、これでどうだ！

（１）『低レベルモンスター』を『掃除用具』で『綺麗に片付ける』スキル
（２）『部屋』に『強力なダメージ』を『与える』スキル

「実行！　『能力再構築（スキル・ストラクチャー）』‼」

ウィンドウに表示された『実行』の文字を押す。

文章を再構築されたスキルが変化していく！

な・る・ほ・ど。わかった！

たとえて言えば、これはカレーを『肉・野菜』『カレールー』『水』に分解するようなものだ。

『カレールー』を『醤油（しょうゆ）と砂糖』にすれば肉じゃがに再構築できるってことか。

スキルを書き換えるスキル。

それが『能力再構築』の正体だ。

そして、今回『能力再構築』が作り出したスキルはふたつ。

『魔物一掃ＬＶ１』：掃除用具で周囲の低レベルの魔物を遠くへ吹き飛ばす。Ⓡ（レア）
『建築物強打ＬＶ１』：部屋の壁や内装に強力なダメージを与える。破壊特性『煉瓦（れんが）』『木の壁』Ⓡ（レア）

再構築すると、全部レアスキルになるみたいだ。

でも……どうなんだこのスキル。使えるのかな。

最初にしてはよくできた方だと思うけど。

とりあえずはお金を貯めて、別のスキルを買って試してみよう。

「ってことで、悪いなアシュタルテー。教えてもらうまでもなかった」

『……残念だ』

「こういうのは得意なんだ」

『お前の器を見誤っていたようだ。元の世界では何者だったのだ？』

「ただの学生だよ。ブラックバイトで苦労してたけど」

両親がいないせいで生活が苦しくて、バイトばっかりやってた。

娯楽といえばゲームくらいだ。携帯があれば基本無料で遊べるから。

あとは中古のパソコンを譲ってもらって、同人ゲームなんかも作ってた。

知識と技術がなければ誰かに利用されるだけだってことをブラックバイトで学んだから、生き残るためのスキルを得る手段として。

「でも、僕にはゲーム作りのセンスがなかったみたいだ」

『よくわからんがどんなものを作ったのだ？』

「260のパラメータを自由にいじってキャラメイクしたあとに地・水・火・風の属性を攻撃力と防御力、素早さ、頑丈さ、優しさその他のパラメータに最大690通りに配分した後で魔法とスキルを作成してゲームスタート。王様に会ったときに相手がつく16の嘘を見抜かないと激強モンスターがいるエリアに配置されて詰む上に、パーティの仲間を勧誘するときにギャルゲー並みの選択肢とイベントと好感度を設定したら、無料なのに非難殺到して炎上した」

『……お前も苦労しているのだな。異世界人』

「まぁ、元の世界の話だよ」

僕はため息をついた。

「それより、『契約』できなくて悪かったな。アシュタルテー」

『……いや、仕方あるまい』

「この世界の情報をくれたことには、感謝してるよ」

僕はズボンについた土を払って立ち上がった。

ずっと座ってたからお尻(しり)が痛くなってた。

これからどうするかは決まってる。とりあえず普通の幸せを目指そう。

そのためにはやっぱり情報がいる。

この世界のことを知っていて、僕とこの世界のずれを正してくれる人間が。

それは信用できる相手で、ある程度の素性がわかってる方がいい。

「なぁアシュタルテー。ここからは雑談ってことで、嫌だったら答えなくていいけどさ。スキルの値段の相場ってどうなってるんだ？」

『……？　そうだな、よくあるコモンスキルが数十から１００アルシャ程度。少し珍しいアンコモンスキルなら数千アルシャだ。レアスキルは価格に幅がある、数万から、高価なものでは１００万以上で取引されているものもある』

アシュタルテーの声は、すらすらと語り出す。

やっぱりな。

こいつ、結構いいやつなんだ。

魔族なんて名前だから、怖いかもって思ってたけど、違う。『契約』は成立しなかったから、アシュタルテーはもう僕に情報を与える理由なんかない。

「他の奴を探す。じゃあな」でもいいのに。それでも情報をくれるお人好しだ。

元の世界のバイト先の上司なんかひどかった。

仕事のやり方を聞いたら「自分で考えろ！」って怒鳴られて、自分で考えたら「俺のやり方と違う！」ってやっぱり怒鳴られて、僕のやり方で正しいことを証明したら「なんだその生意気な顔は！」だったっけ。それに比べればずっとまともだ。

この世界で——というか、元の世界から通して、久しぶりに信じられる相手に出会ったような気がする。残留思念ってのが残念だけどさ。

「こっちも身の安全がかかってるからもう一度聞くよ。レアスキルは数万から100万アルシャ以上で取引されてる、ってことで間違いないんだよな？」

『そうだが？』

「で、魔族の生き残りの少女の価格が12万アルシャ、だよな？」

『そうだが……!?　まさかお前……？』

鈍いよ。気づいてなかったのかよ、アシュタルテー。

なんで僕が今、ここで『能力再構築』を使ったと思ってんだよ。

てなわけで。

僕は奴隷を扱う店のドアを開けた。

入り口にはヒゲの生えた小男がいた。こいつが奴隷商人なのか。

まぁいいや。

こっちは客だ。偉そうにしてみよう。

「一人、もらいうけたい少女がいる」

僕は奴隷商人に向けて言った。

「名前はセシル。褐色の肌を持ち、小柄で耳が長い、この店で一番美しい少女だ。こっちは急ぎだ。さっさと連れてきてもらおうか」

……だって、しょうがないじゃないか。

アシュタルテーは一応、この世界の情報を教えてくれた。

『契約』のこと。すべてが売り買いできるというルール。

それを知ってるのと知らないのとじゃ大違いだ。

アシュタルテーは『契約』する前にそのルールを教えてくれた。

僕の質問に答えようとしなかった王様とは対照的だ。

アシュタルテーは無償で情報をくれた——つまり、信用できる。

そのアシュタルテーが紹介してくれた——つまり、一番、知り合いに近い存在。

だから、この世界の情報源には、セシル＝ファロットが一番ふさわしいってことになる。

魔族が差別されてるなんて、そんなの僕には知ったことじゃない。

ゴーストだろうと残留思念だろうと、関係ない。

アシュタルテーの身内が閉じ込められてるなら、ほっとけない。

助けよう。

ひとりぼっちの来訪者と、ひとりぼっちの魔族。

旅の道連れとしてはちょうどいいよね。


「いらっしゃい。お客さん、奴隷を買うのは初めてですか？」

奴隷商人は言った。

もみ手をしながら、こっちを値踏みするように見てる。

男が手を叩く(たた)と、店にいた中年の女性が席を立つ。奥のドアを開け、別の部屋に行ったかと思うと、しばらくして戻って来る。

褐色のダークエルフ――に見える、魔族の少女。

セシル＝ファロットを連れて。

彼女は白い、粗末な服を着ていた。

革の首輪をつけている。鎖はついてないけど、逃げるようなそぶりは見せない。

アシュタルテーが言ってた通り、肌は綺麗な褐色だった。

長い耳は無気力っぽく垂れ下がり、伏せた赤色の目はなにも見てない。

銀色の長い髪は、たぶん、さっきの女が手入れしてるんだろう。ランプの光で輝いて見えた。

背は僕よりかなり小さい。

というか、この子に首輪つけて連れ歩いたらすごい犯罪臭がするんだけど。

「はじめての方には、この娘はおすすめしません。ダークエルフでしてね、非常に気むずかしいやつです。戦災で身寄りをなくしてたところを拾ってやったのに愛想が悪くてねぇ」

「……ふむ」

「名前はセシル。幼く見えますが、本人の話によると年齢は14から15といったところです。ダークエルフには成長の速い者と遅い者がいるそうですから。魔法の適性は高いです。ですが、なつかない気性ですから戦闘要員としても使い道はないかと……」

「この子と話がしたいんだけど、いいかな」

小男がうなずいたから、僕はセシルに近づいた。

銀色の髪が、ふわり、と、揺れた。

彼女は赤い目でこっちをちらりと見て、すぐに顔を逸らした。

「アシュタルテーに頼まれた。セシル＝ファロット」

僕は奴隷商人に聞こえないように、小声でささやいた。

「まぁ、たいした縁じゃないけどさ。僕は君を買い取る。代わりに、この世界の情報を教えて欲しい。わかりやすく言うと僕の先生役になって欲しいんだ」

「──っ!?」

少女は信じられないものを見るように目を見開いた。でも、すぐに伏せる。

あー、なんか、バイト中の僕もこんな顔してたな。

時給上げてやる——やっぱ無理、のコンボを食らった時とか。

そういうのが続くと、希望を持つのが嫌になるんだ。

この子を見てると、元の世界の自分を思い出す。

助けよう。魔族とかどうでもいいや。来訪者の僕には関係ない。

「店主。セシルの売値はいくらだ?」

「18万アルシャです。貴重なダークエルフですからね」

「12万アルシャでどうだ?」

相場を見抜かれたことに気づいたんだろう。

小男の目から、こっちを見下すような光が消えた。

「お客さん、失礼ですが代金はお持ちで? うちは即金がモットーでね」

「スキルで払うのはどうだ?」

「スキルで?」

「ここではスキルがお金で取引されてる。隣にスキル屋もあるし、わざわざ現金化するより、そっちの方が早いだろう」

「鑑定人を呼んでも?」

「別にいいけど」

小男が店員に目配せする。

店の奥にいた中年の女性が隣の店に走り、スキル屋の店員を連れてくる。

アシュタルテーは「同意があれば、取り出したスキルの内容を知ることができる」って言ってた。

逆に言えば、同意がなければどんなスキルを持っているかわからないってことだ。

僕の『能力再構築』については隠しておいた方がいいんだろうな。

「こっちが売りたいのは『低レベルの魔物を掃除用具で吹き飛ばすスキル』だ」

胸に手を当てる。

『魔物一掃LV1』を呼び出す。

ずるり、という感触。

手のひらに入るくらいの水晶玉が出てくる。

「……『魔物一掃LV1』？　見たことねぇぞこんなの」

眼鏡を掛けたスキル屋の店員が言った。

まぁ、そうだろうな。作ったばっかりだし。

「効果は……うん、こいつの言ってる通りだ。これをいくらで売りたいって？」

「12万アルシャ」

「んー」

スキル屋の店員は難しい顔してる。

「実際に効果を見てもらった方が早いだろう。箒(ほうき)を借りたい。あと、害のない魔物がどこかにいないか？」

「魔法標的用のスライムなら」

そんなのがいるのか。

スキル屋の店員が、店から無色透明のスライムを連れてくる。

動かないように魔法で固定してるらしい。

僕たちは店の外に出た。

セシルがこっちを見てる。さっきより、少しだけ期待してるような顔で。

両手を胸の前でぎゅ、っと握りしめてる。

銀色の髪が震えてる。肌も瞳も綺麗な色をしてる。こんな粗末な奴隷服じゃなくて、元の世界にあったひらひらした服とかを着せたら、もっとかわいいだろうな。

セシルは僕と目が合うと、少しだけためらってから、見つめ返してくる。

僕が彼女を助けようとしてるのを、わかってくれたみたいに。

そして、ほんの少しだけ、ぎこちなくだけど、笑ってくれた。

うん。やっぱり、かわいい。

ちょっとくらい、いいとこ見せよう。

「このスキルに12万アルシャの価値があるかどうか見ているがいい」

僕は『魔物一掃LV1』を胸の中に戻し、箒を構える。

自分で作ったスキルだ。使い方はわかる。

動かないスライムを箒で軽く、すっ、と掃いた。そして——

ひゅ————————————う————

スライムが飛んでった。

まるでゴルフのティーショットみたいに。

広場にいる人たちの頭の上を越え、建物を飛び越えて。

いやー、飛んだな。思ってたより。

透明だからよく見えないけど、３００メートルくらいは飛んだんじゃないかな。すげー。

「どうだ⁉」

「……いや、どうだ、って言われても。これがなんの役に立つんで？」

奴隷商人は不思議そうな顔をしてる。

あ、セシルが驚いてる。彼女にはわかったみたいだ。このスキルの使い道が。

じゃあ、ここからは交渉だ。

「奴隷商人というからには、人を仕入れるために旅をしているのだろう？　魔物に襲われることも多いんじゃないか？　このスキルは使えると思うのだが」

「いえ、私たちも用心棒を雇ってますし、倒せない魔物がいるところには近づきませんよ」

話にならない、とばかりに首を振る奴隷商人。

「腕利きをそろえていますからね。わざわざ妙なスキルに頼る必要は――」

「魔物くらい、戦えば倒せる？」

「はい」

「じゃあ、その戦闘にかかる時間はどれくらいだ？」

僕は言った。

奴隷商人の顔色が変わった。

「あんたたちは町から町へ旅をしてる。途中で魔物との戦闘になれば、時間を取られる。日暮れまでに町にたどり着けなければ野宿だ。さらに魔物に襲われる危険性が高くなる。このスキルで弱い魔物を追い払えるなら、その時間を短縮できるんだ」

僕は続ける。できるだけ偉そうな口調で。

こういうのは、本当は得意じゃないんだけど。

でも、こっちの弱みにつけこんで利用しようとする奴はどこにでもいるんだ。

僕は元の世界で、さんざんそれを見てきた。

だから油断するな。弱みを見せるな。

この世界で同じ目に遭ったりしないように。

「いいか、よく聞け。あんたたちの荷物は奴隷――人間だろ。移動中に魔物に殺されてしまえば価値がなくなる。怪我(けが)をしたり、病気になったりすれば価値が下がる。時間をかければかけるほど、その危険性は高くなる」

「……う」

「まあ、ぶっちゃけ僕が売りたいのはスキルそのものじゃない」

僕はもう一度『魔物一掃ＬＶ１』を取り出し、言った。

「僕が売りたいのは、スキルで短縮できる『時間』だ」

「それに12万アルシャの価値がありますかねぇ」

奴隷商人は探るような目でこっちを見てる。

こっちは異世界初心者だ。味方は誰もいない。

長引くと不利だ。さっさと済ませよう。

奴隷屋が、こっちを玄人だと思ってるうちに交渉をまとめた方がいい。僕が売値に見合うだけの商品を提供しようとしてるのは、スキル屋が保証してくれてるんだから。

「判断するのはそっちだよ。考えてみればいい。仕入れの旅の間に何回魔物と出会うか。戦闘にどれくらいの時間がかかるか。旅の遅れ。用心棒と自分と奴隷たちの食費。戦闘で消費する武器の整備費と、薬草なんかの治療費。なにより、旅の間、低レベルのモンスターを追い払えるという安心感。早く家に帰ることで、家族と過ごせる時間」

『契約』の条件としては文句がないはずだ。あとは、もう一押し。

「これらのメリットに12万の価値がないっていうなら、別のところに売りにいくだけさ」

これは『能力再構築』で作ったワンオフのスキルだ。

実際のとこ、欲しい人間は他にもいるだろうし、売るだけならなんとでもなる。

「うぅ……」

奴隷商人は助けを求めるように、スキル屋を見た。

「レアスキルってこたぁ間違いねぇからな。レアの値幅は5万から150万アルシャ。そいつに価値を見いだすかどうかは、買い取るお前さん次第だよ」

スキル屋は肩をすくめた。

「わかりましたよ！　『魔物一掃LV1』をこの子と交換しましょう！」

奴隷商人はしばらく腕組みをして唸ったあとで、やっとうなずいた。

よっしゃ！

心の中でガッツポーズ。

ぶっつけ本番のハッタリでもなんとかなった……よかった……。

「では正式に『契約』といこう」

冷静をよそおって僕は言う。

「よござんす。メダリオンをお願いします」

「メダリオン……ああ、これか」

この世界に転移したときに、胸元にペンダントが出現してたんだっけ。

金色で、ペンダントヘッドには水晶がついている。

使い方はさっきアシュタルテーに教えてもらった。

この世界では、このメダリオンを使って『契約』するらしい。

「『契約』の神の名のもとに」

「互いの合意をもってスキル『魔物一掃LV1』と『セシル』を交換する——『契約（コントラクト）』」

かちん、と、打ち合わせたクリスタルが光を放つ。

同時に、セシルの首輪が、りん、と鳴り、指輪が僕の左手に生まれる。

赤色の小さな水晶玉がついた指輪だった。

主従契約の証（あかし）、ってことか。

「さ、これで契約成立だ。セシルのスキルについては、宿にでも戻って確認してください。主人（マスター）ならできるって知ってるでしょう」

「ああ」

「やっぱり素人じゃなかったわけだ。お客さん……それにしても」

奴隷商人とスキル屋が、探るような目でこっちを見た。

「このレアスキル、一体どこで手に入れたんで？」

「僕は東方の国から来たばっかりなんだ。こいつは故郷で色々あったせいで手に入れるはめになったスキルだよ。セシルのことは別口。旅の途中でセシルの同族に出会って、彼女のことを頼まれてたってわけだ」

適当に答えてみる。

嘘は言ってない。かなり脚色してるけど。

「なるほどね。まぁ、他にも売りたいスキルがあったら言ってくださいよ」

「考えとくよ。それじゃ」

二度と来る気はないけど。

僕は奴隷商人とスキル屋に手を振って、その場を離れた。

不思議そうに僕を見ている、セシルと手を繋ぎながら。

今回使用したスキル

『能力再構築（スキル・ストラクチャー）ＬＶ１』
ふたつ以上のスキルを使い、中身（概念）を入れ替えることができる。
作成したスキルはすべて『レアスキル』となる。
ただし、これは一人で再構築した場合。二人以上で再構築した場合は——

『魔物一掃ＬＶ１』
掃除用具で低レベルモンスターを遠くまで吹き飛ばす。
「掃除用具」と認識されるものなら使用可能。
飛距離は３００メートル前後。

第3話「セシルの不思議なご主人様」

わたしを引き取ってくれたのは、とても不思議な人でした。

名前はソウマ＝ナギ──ナギさま。

「来訪者」って、アシュタルテーは、その人のことを呼んでます。

別世界のひと、ですか。よくわかりません。

わたしが魔族だって知ってるのに、気持ち悪くないんでしょうか。

魔族は、この世界では忌み嫌われています。

人間の文化になじめなかったからです。

樹や動物に、友達のように話しかけて、数時間もぼーっとしてる人がいたら、不気味だって思われてもしかたないのかもしれません。

わたしも今は人間の世界にいるから、そういうことはわかります。

エルフやドワーフのようには人間の文化になじめなかった種族。

それが魔族です。

わたしは魔族の最後のひとりです。

それがわかると、みんなに嫌われるから、ダークエルフってことにしてました。

この褐色の肌と、長い耳。

化けられる種族は、それくらいです。

まぁ、ダークエルフもそこそこ嫌われているんですけど。

だからわたしは、奴隷屋さんに売られたあとも、一番暗くて狭い部屋をあてがわれました。

お前に買い手なんかつかないっていわれました。

他の人たちはみんな、十分に大人で、綺麗(きれい)な人たちでしたから。

奴隷の中には貴族の人に見初められたり、冒険者のパートナーとして活躍する人もいます。そういう人たちは仕事をすることで報酬をもらい、自分で自分を買い取って自由になります。

奴隷って言っても、そんなにひどい目にあうわけじゃないです。

でも、そういう幸せな未来なんか、わたしにはないって思ってました。

話し相手は、魔族の残留思念のアシュタルテーだけ。

ひとりの時、わたしはいつもアシュタルテーとお話をしていました。


(……アシュタルテー?)

魔族はわたしで終わりなんですよね? このまま滅んでは、いけないですか?

(アシュタルテー?)

どうしてわたしはまだ生きてるんでしょう?

『いつか、お前と響き合う人に会えるだろう』

アシュタルテーは言いました。

(そんなひといませんよ)

きっと、いません。

わたしを必要だって言ってくれるひと。
大事だって言ってくれるひと。
そんな人が、この世界にいるわけないんです。
見てください。
わたし、ちっちゃいです。胸もぺたんこです。
肌はこんなだし、目は血の色です。とりえの魔法だって、レベル1です。
両親はわたしに魔法のてほどきをしてくれる前に、死んじゃいましたから。
(アシュタルテー、期待なんかさせないでください)
『いつか、お前を理解してくれる人と出会えるだろう』
……わかりました、アシュタルテー、そこまで言うなら。
万が一――ううん、もっと少ない可能性ですけど、
わたしを理解してくれて、わたしと響き合う人が、どこかにいたら。
わたしは希望を信じます。
魔族の血を未来に繋ぐことを約束します。
わたしで、魔族を終わりにはしません。
強くなります。絶望するだけの弱いわたしはやめます。
わたしと響き合う人と一緒に生きて、戦って、未来に血を残します。

奴隷屋さんにいる間、そんな話をずっと、わたしはアシュタルテーとしていたような気がします。

ねぇ、アシュタルテー。わたしは正しかったですか？

だって、この世界に、わたしと響き合うひとはいませんでした。

ほら、今、わたしの手を引いているこの人は、別の世界から来た人ですよ？

不思議なひとです。

絶対に出られないと思っていた奴隷屋さんから、わたしをあっという間に連れ出してくれました。

(ご主人様？)

なんですかご主人様。あれ？　手を握っててごめん、ってなんですか？

手はいつも洗ってるから大丈夫、って、わたしがそんなこと気にするわけないじゃないですか。

わたしはご主人様の奴隷。持ち物なんですよ？

なんでそんなにあわあわしてるんです？

なんでまわりをきょろきょろしてるんですか？

こういうの慣れてない？　そうですか。

ごめんなさい。ご主人様。

はじめての奴隷が、わたしで。

わたしはご主人様にたずねます。

(ご主人様は、わたしのことが気持ち悪くないんですか？)

わたしの問いに、この人は「どうして？」って聞きます。

なんて、変な人でしょう。

(だってわたしは魔族です)

はぁ、異世界から来たから、まわりは全部知らない種族で、エルフもドワーフもダークエルフも魔族も、ぶっちゃけみんな同じようなもの？

というか、人間だって結構こわい、ですか？　そういうものなんですか……。

(だってわたしの肌はこんなです)

え？「褐色つるぺたは人類の至宝」？　意味わかりません。呪文かなにかですか？

(だってわたしの目はこんなです)

……かっこいいってなんですか？　魔眼？　この世界にそんなのありましたっけ？

(だってわたしは……この世界でひとりぼっちです)

……ご主人様もひとりぼっち？

嘘ですよね。ご主人様は人間でしょう？

いえ、別世界から何人かのひとと一緒に転移してきたっておっしゃいませんでしたか？

はぁ、労働条件について詳しく聞いたら追い出された、ですか。

ひとりぼっちは慣れてる。元の世界でもそうだった……ご主人様も、大変なんですね。

なんだか、さみしそうな目をしているのはそのせいですか？

ごめんなさい！　悪口じゃないです！

すいません。奴隷の言うことじゃなかったです。

「僕はこの世界に知り合いがひとりもいないんだ。だから、セシルに助けて欲しい」

……わたしでよければ。

たいしたことはできません。魔法の使い方をちゃんと教えてもらうまえに、両親は死んでしまいましたから。

「そっか。僕と同じだね」

違うか。僕の母親は生きてるらしいから。

ただ、どこにいるかわからないだけ。いつの間にかいなくなってた。

どっちにしても、子どもひとりで放り出されるって大変だよね。

——そんなことを、ぽつり、ぽつりと、ご主人様は話してくれました。

どこか遠いところを見ているような目をしていました。

別の世界からやってきた、わたしのご主人様は、もしかして、わたしと同じものを見てきたのかもしれません。

さみしくて手を伸ばしても、誰にも届かない、そんな夜を、たくさん。

気がつくと、わたしはご主人様の手を、握り返していました。


…………あれれ？

(アシュタルテー？)

わたし、いま、共鳴しましたか？

じん、と、心が震えちゃいました。

(……アシュタルテー)

応えてください。

わたしと共鳴するひとは、ご主人様でいいんですか？

？　決めるのはわたし？

この人は、わたしを縛り付けることはしないから？

どうして、そんなことわかるんですか。

「じゃあ、セシル」

「はい」

「これから、よろしく」

わたしはその人の手を握りなおします。あくしゅ、です。

「セシル＝ファロット？」

「はい」

ファロット。最後の魔族のファミリーネーム。

知っているのはわたしと、アシュタルテーだけ。

異世界から来たその人は、もう一度同じ言葉を口にしました。「ファロット」

わたしはまた、じん、って、震えます。

不思議……です。どうしてでしょう。

お父さんとお母さんが死んだとき、もう誰かを好きになるなんて一生ないって思ってたのに。

でも、ご主人様の手はとてもやさしくて。

でも、ご主人様の足は、わたしの小さな歩幅に合わせてくれていて。

わたしはいつの間にか、ご主人様に寄り添いながら歩いていました。

ご主人様の、ちょっとさみしそうな目が、気になって。

目が離せなくて。

ひとりにしたくなくて――ひとりになりたくなくて。

わたしの名前を呼ぶ声を、もっと聞きたいって思ってしまって。

……わたし、どうしちゃったんでしょう。

(アシュタルテー)

決めました。

わたし、この人を信じてみようと思います。

この人から、わたしと同じものを感じるんです。

ほっとけないんです。

この人もわたしと同じ、この世界でひとりぼっちです。

わたしを導いてくれる……この手を放したら、いけないような気がするんです。

ひとりになったこの人が、両親みたいに死んじゃったら、きっとわたしは死ぬまで後悔します。

……しょうがないですよね。

『契約』は交わしてしまいましたし。

世界に一人くらい、ご主人様に一目惚(ひとめぼ)れする奴隷がいたっていいじゃないですか。

そしてもしも、わたしの手を引いているこの人と共鳴できたら。

わたしは、この人のために、死んでもいいです。

それはきっと、とても気持ちいいことですよね。ね、アシュタルテー。
「ソウマ＝ナギ……ナギさま？」
「うん、セシル」
わたしはその人と手をつないで、歩き出します。
新しい場所へ。
もしも、この人が信じられる人なら。
この人……ナギさまのために、わたしの全部を捧げてもいいですよね？
（ね、アシュタルテー？）
わたしの、見えない友達が、笑ったような気がしました。
次の場所へとわたしを導いたら、消える友達、アシュタルテー。
（ありがとう、でした。アシュタルテー）

第4話「目指すは『働かなくても生きられるスキル』」

奴隷は宿泊人数には数えない。

主人の持ち物って扱いだから、別々の部屋には泊まれないらしい。

だから、僕たちが案内されたのは、2階の隅にある一人部屋だった。

「借りは返したよ、アシュタルテー。満足か？」

『祝福する』

遠くで響いてるみたいな、かすかな声が返ってきた。

『セシルと……汝(なんじ)』

「凪(なぎ)——ナギだよ。ソウマ＝ナギ」

『ナギとセシルの未来を祝福する。幸せにしてやって……欲しい……』

声がゆっくりと消えていく。

最後にアシュタルテーは、僕の固有スキル『能力再構築(スキル・ストラクチャー)』について教えてくれた。


『能力再構築ＬＶ１』
・スキルの概念を組み直し、新たなスキルを作り出すことができる。
・スキルは『……』が（に）『……』を『……』する、というような文章で表現される。
・再構築には最低でもふたつのスキルが必要となる。

・組み直したスキルは元のレベルに関係なく、ＬＶ１になる。
・一度『能力再構築』で組み直したスキルは、二度と再構築できない。

組み直したスキルがＬＶ１になるってのは納得だ。

例えば高レベルの『ドラゴン』に『武器』で『ダメージを与える』スキルをＬＶ１の『掃除』と組み合わせて、『ドラゴン』を『掃除用具』で『綺麗に片付ける』スキルなんて作ったらえらいことになる。宇宙の法則が乱れる。


そして、ここからが重要なところだ。

・組み直せるのは、本人が所持しているスキルと、契約下にある奴隷のスキルのみ。
・スキルが主人と奴隷、それぞれの体内にある状態で再構築すると、より高性能なスキルに変化しやすくなる。これは互いの魔力が混じり合うことで生まれる特殊効果による。

『能力再構築』は、奴隷を所有しているってのを前提としてる。

いじれるのは自分のスキルと、奴隷のスキルだけ。

そしてこのスキルの一番の特長は、自分と奴隷のスキルを組み合わせると、特殊効果ですごいスキルに変化するってこと。

自分ひとりで『再構築』しても、あれだけのスキルができたんだ。

ふたりでやったら、どれだけ強力なスキルになるか……。

つまり『能力再構築』をやるには、自分のスキルをいじるか、どこかから別のスキルを手に入れるか、あとは——

……セシルのスキルをいじるしかないわけだ。

僕は床にちょこん、と座っているセシルを見た。

椅子かベッドに座っていい、って言ったのに。

背筋を伸ばして、緊張した様子で僕をじっと見てる。

「えっと、話をしてもいいかな」

「は、はいっ」

びくん、と、座ったままうなずくセシル。耳がぴくぴく上下してる。かわいい。

「アシュタルテーは消えたみたいだけど、大丈夫？」

「はい……」

セシルは小さな胸を押さえて、長い息を吐き出した。

「だいじょぶ、です。いつかはこういう日が来るって言ってましたから……」

セシルにとって、アシュタルテーは守り神みたいなものだったらしい。

魔族の生き残りだったセシルの家族は、山の中に隠れ住んでいた。

でも2年前に人間同士の争いに巻き込まれて、家族を殺されて。

奴隷商人に売られ、それからはアシュタルテーの声だけがセシルの希望だった。

「いつか、お前を大切にしてくれる人を見つけてあげる、ってアシュタルテーは言ってました。町から町へ移動するたびに、今度こそ……今度こそって。わたしはもう信じてなかったけど……でも」

セシルの真っ赤な目から、涙がこぼれた。

「やっとアシュタルテーが認めた人に会えました。これからよろしくお願いします。ご主人様」

「ご主人様はやめてくれ」

そういうことをつるぺたエルフ系美少女に言われると犯罪者みたいな気分になる。

「ナギでいいよ」

「はい、ナギさま！」

セシルはりりん、と音がする首輪を、愛(いと)おしそうに撫(な)でた。

「今更だけど自己紹介。僕はナギ。こっちの世界だと、ナギ＝ソウマってことになるかな。アシュタルテーから聞いてるかもしれないけど、別の世界から来た『来訪者』だ」

「セシル＝ファロットです……えっと、魔族、です」

セシルはもじもじしながら、

「ナギさま。できればわたしの『ファロット』って名前は、ないしょにしてください」

「いいけど、どうして？」

「魔族のファミリーネームは、本当に親しい人にしか教えないことになってるんです。その、呼ばれると、ちょっとくすぐったくて」

「うん、わかった。セシル＝ファロット」

「はぅっ」

「大丈夫。秘密にするから、セシル＝ファロット」

「ひゃんっ」

「絶対に誰にも言わないようにする。セシル＝ファ――」

「ナギさまぁ……」

セシルは膝（ひざ）をこすり合わせながら、恨めしそうに僕を見た。

ごめん。なんか楽しくなってた。

「とにかく。別世界から来たからって、ひどいことはしないから、安心していいよ。約束する」

「……は、はい。ナギさまはわたしを助けてくれた人です。だから、信じます」

よかった。

お互い、この世界に知り合いがほとんどいないんだし、協力しないと。

「でも、ナギさますごいです。ナギさまはレアスキルを売るほどお持ちなんですよね？」

「あれは僕の固有スキルで作ったんだ」

「もっとすごいです！　レアスキルを作れるなんて、宝の山を持ってるのと同じです！」

「いや、レアスキルを売るのはもうやらない」

「……どうしてですか？」

「僕がレアスキルを自由に作れることがばれたら、面倒なことになりそうだから」

今回は「東方から来た。レアスキルは偶然手に入れた」で……たぶん、納得してもらえた。

ああいう手が使えるのは一度だけだ。

何度も同じ人間が、レアスキルを売りにきたら、さすがに目立つ。

その上、この世界ではスキルどころか人間そのものまで売り買いされてる。

こっちはこの世界に不慣れだ。

罠にかかって『能力再構築』を売ることになったりしたら、それで終わりだ。僕は一般人以下になってしまう。その後は最悪、僕自身が奴隷として売りに出されることだって考えられる。

「作ったレアスキルを売るんじゃなくて、それを活かしてお金を稼げるようにした方がいい。できれば、働かなくてもお金を稼げるスキルを作るのがベストだ」

「ナギさまの目的は、普通に幸せな生活を送ること、なんですよね」

「ああ、だけど、それだけじゃない」

セシルには話しておいた方がいいだろう。

僕の、この世界での真の目的を。

床に座っているセシルは息を詰めて、答えを待ってる。

僕の目的、それは、

「低燃費高出力。最小限の努力で最大限の成果を。無理せず、できるだけ本気を出さずにこの世界で普通に生き残ること、だ」


「……ナギさま、いま、なんて？」

「能力は隠す。仕事を依頼されても、うっかり『できる』とか言わない。報酬の多そうな仕事を工夫してクリアしてお金を貯(た)めて、あとはあんまり働かずに生活できる方法を考えよう」

「せっかくすごいスキルがあるのに、ですか？」

「うかつに『これができます』とか言うとひどい目に遭うんだよ……」

前のバイト先でうっかり『パソコンが得意です』と言ったのが失敗だった。

もともとは軽作業で入ったはずなのに、気がついたら伝票の入力と計算までやらされて、パソコンができるならホームページも作れるだろうと自腹で本を買わされて、そこそこ見栄えのするページを作ったからもういいだろうと思ってバイトを辞めようとしたら「じゃあこのページは誰が更新するんだ⁉　仕事先に迷惑をかけないってのは社会人の基本だろう？　あぁん！」と脅された上に「辞めるならホームページの更新ができなくなる迷惑料としてバイト代の二倍の金額を請求する」というわけのわからないことを言われたあげく、出勤拒否したら携帯がひっきりなしに鳴り続けた上に家にまでお迎えが来た。

労基署に相談するって言ったら収まったけど、向こうの最後の捨て台詞(ぜりふ)が「卑怯(ひきょう)者！　クズめ！」だった。意味わからん。

「……ナギさまは魔王に支配された世界から来られたんですか？」

セシルがびっくりしてる。

僕がいたのは文明的な世界のはずなんだけど。

「とにかく、人を喜ばせようと思ってうっかり１００パーセントの力を見せると、相手はそれが当然だと思い始めるんだ。そのうちそれに慣れて１２０パーセントを要求するようになる。それに応え続けると、いつか限界が来る。人には40パーセントの力を見せるくらいがちょうどいいんだ」

これだけは譲れない。

能力は隠して、力は見せずに、あとは工夫して乗り切る。

どんなチートスキルにだって、そのうち人は慣れちゃうんだからさ。

「僕の世界にこんなたとえ話があるんだ」


寿命をまっとうできるのは役立たずの木である。

まっすぐな木は切り倒されて家具にされる。

じょうぶな木は切り倒されて船の材料にされる。

実のなる木は枝を折られて持ち去られる。

脂っ気の多い木は切り倒されて薪（たきぎ）にされる。

できるだけ他人には役立たずであるように見せかけろ。

そうすればなんとか平和に生きられるだろう。


「つまり『力を隠して役立たずの振りをして世間を乗り切ろう』というわけ」

「……はぁ。ナギさまのお言葉ですけど、あんまりかっこよくないですね」

「つまり『無為自然にして天下に遊ぶ』というわけ」

「急にかっこよく思えてきました！　あれ？　あれれ……？」

セシルは目をうるうるさせて感動してる。

言葉って大事だ。

「だから。そのためには、まずこの世界のことを知る必要があるんだ」

やっと話が戻って来た。

僕がセシルを買い取ったのは、アシュタルテーに頼まれたからだけじゃない。

この世界のことをよく知っている人に、側にいて欲しかったからだ。

僕の目的は「低燃費で普通に生き残ること」だけど、そもそも僕は、この世界の普通の生活ってのがどういうものなのかわからない。

今のところわかってるのは貨幣価値と契約、スキルの存在くらいだ。

そこで、セシルの知識が重要になってくる。

「魔王や魔物がいるんだから、この世界にはそいつらと戦う冒険者もいるんだよな？」

「はい。普通にいます。兵士さんとかとは違う、もっと身近な仕事を請け負う人たちです」

うん、予想通りだ。

「じゃあ、僕たちも冒険者をやることにしよう」

僕の言葉に、セシルはこくん、とうなずく。

「メリットはふたつ。クエストをこなすことで、この世界の地理やみんなの生活や文化を知ることができること。もうひとつは、僕たちのスキルを活かすことができること。できるだけ楽で儲かりそうなクエストをこなして、生活のめどがついたらその先のことを考える――ってことで、どうかな？」

「ナギさま……異世界から来られたのに現実的なんですね」

「そりゃもう、元の世界ではネグレクトとブラックバイトで鍛えられましたから」

「よくわからないですけど、苦労されたんですね……」

「それはセシルも同じだろ」

……と、お互いなぐさめあっててもしょうがない。

「それで、やっぱり冒険者ギルドとかもあるの？」

「はい」

「じゃあ、この王都の一番近くにある大きな町で、ギルドのあるところを教えて。そこが僕たちの、次の目的地だ」

王都には長居しない。

まず第一に、僕は王様に目をつけられている可能性がある。

放り出されたとはいっても、僕は異世界の人間だ。

向こうからは、こちらがどんなチートスキルを持ってるかわからない。

王様としては監視くらいつけたいところだろう。

第二に、奴隷商人とスキル屋にレアスキルを見せてしまったこと。

あいつらが僕の正体を知ったらレアスキルを作れるスキルの存在に気づくかもしれない。そうじゃなくても、僕が他にもレアスキルを持ってるかも——くらいのことは考えてるだろう。

まずは、ここを離れて、別の大きな町でやり直すのが一番だと思う。

「わかりました」

セシルは飲み込みが早いから助かる。

考えてみれば奴隷商人と交渉したとき、セシルは僕の意図に一番早く気づいてた。

それは魔族の特性か、セシルの能力なのか。

あとでスキルとパラメータを教えてもらおう。

「王都の一番そばにある町といえば、やっぱりメテカルです。ここから東に2日歩いたところにある城塞都市で、大きな冒険者ギルドがあります。商業都市メテカル、って言えば他の国でも有名ですし、その規模から、領主さんが独自に自治権を持っているって聞いたことがあります」

「じゃあそこで」

「あの、ご主人様……ナギさま」

セシルは床に座ったまま、上目遣いで僕をみた。

うわ、なんだかぞくぞくする。

「どうしてわたしを、そんなに信用してくださるんですか？」

小さな胸に手を当てて、まっすぐ僕を見つめながら、セシルは聞いた。

「異世界から来られたばっかりなんですよね？　王様に追い出されたり、同じ世界の人に睨まれたりしてるのに、どうしてわたしだけ……そんなに」

「あれ？　奴隷契約上、命令されたらセシルは逆らえないんじゃなかったっけ」

「それは指輪の力を使って命令した場合だけです」

そうだっけ。

僕の左手の薬指には、セシルと契約したときの指輪がはまってる。

これに触れて命令すると、奴隷は主人に逆らえないらしい。

「わたしが嘘をついて、ナギさまを騙そうとしてるって思わないんですか？」

「いや、だってアシュタルテーには借りがあるし、一緒に行動するんだからセシルが僕に偽情報教えてもしょうがないし」

契約上、セシルは僕から逃げられない。

それと、僕を意図的に傷つけたりもできない。

『契約解除』の条件は、僕がセシルを別の人間に譲るって『契約』するか、僕が死ぬまで。

それか、セシルが12万アルシャを払い終えるまで。

これは、セシルが仕事をしてくれた分で相殺（そうさい）していくってことになる。一緒に冒険者のクエストをやったら報酬を分配して、セシルの取り分は12万アルシャの支払いに回す、ってかたちになる。

もちろん、セシルが現金で欲しいっていうなら別に構わない。

つまり当分の間、セシルは僕と一緒にいることになる。

だから、いちいち疑ってもしょうがないってのもあるんだけど……

「でも改めて聞かれると……信じる理由は……」

来訪者の僕と、ひとりぼっちの魔族のセシル。

生まれた世界は違うけど、僕たちはどこか似てるような気がする。それは――

「僕たちがなにも背負ってないから、かな？」

「……背負ってないから、ですか？」

「王様も、前の世界にいたバイト先のチーフ……偉い人もそうだけど、組織をバックに背負ってるひとって、外部の人間を結構利用したりするんだよ……」

組織を守るためって言い訳をしながら。

王様だって、国民を守るって理由で「外から」召喚した僕たちを利用しようとした。

「セシルも僕も、ひとりぼっちだし、背負ってるものは別になにもないだろ。生き残るってことで目的が一致してるし。だから、信用できるって思ったんだ」

「……ナギさま」

セシルは床に座ったまま、ちょこん、と頭を下げた。

「ありがとうございます！　わたし、がんばります」

「うん。じゃあさっそくだけど」

話がまとまったところで、僕は言う。

「そこのベッドに座ってくれないかな。僕に、君の身体(からだ)をいじらせて欲しいんだ」

第5話「はじめての共同作業」

もちろん変な意味じゃないですよ？

『能力再構築（スキル・ストラクチャー）』の効果を確かめなきゃいけないだけ。

主人の僕が、奴隷のセシルのスキルに干渉できるかどうか。

それと、二人の共同作業で——って言うとやっぱりえろいな——つまり、二人分の魔力を混ぜて『能力再構築』を使うと、どういう効果があるか。

この『能力再構築』は僕だけのスキルで、いわば命綱みたいなものだ。

最終目標の『働かなくても生きられるスキル』を作るため、システムと効果を完全に理解しておく必要がある。

「……はい。ナギさま、どうぞ」

5秒くらい考えてから、セシルは言った。

ベッドに座った僕の隣に、緊張した顔で腰掛ける。

確か、主人は奴隷のパラメータを自由に見られるんだっけ。

この場合はスキルだけでいいから——

「『契約』の名において スキルを開示する」

セシルの横にウィンドウが開き、スキルリストが表示される。

固有スキル『魔法適性ＬＶ３』
通常スキル『高速詠唱ＬＶ１』『魔法耐性ＬＶ１』『魔力探知ＬＶ１』『鑑定ＬＶ２』『動物共感ＬＶ３』

習得魔法『火炎魔法ＬＶ１』

「……がっかりしてませんか、ナギさま」

「なんで？」

「わたし、たいしたこと、できなくて」

「魔法が使えるだけでもたいしたもんだろ。僕は戦闘系のスキルがほとんどないから、魔物と戦うときはセシルが頼りになると思う」

「で、でも、魔法が使えるなんて魔族なら当たり前です。わたしなんか……両親から魔法のてほどきを受けてないから……自慢できることなんか……」

あ、落ち込んでる。

真面目なんだなぁ。セシルは。

別に気にしなくてもいいんだけど……でも、

「ならばセシルよ。主人たる僕が自信をつけさせてやろう」

「……え？」

「今から『能力再構築』でセシルのスキルに干渉する。うまくいけば『再構築』で、魔法スキルを強化できるかもしれない。僕を信じるかどうかはセシル次第だ」

「お願いします」

小さな拳(こぶし)を、ぐっ、と握りしめ、セシルは言った。

「ナギさまの手で、新しいわたしに変えてください」

「よく言った。それでこそ僕の奴隷だ」

「……ナギさま」

『能力再構築』のやり方は、さっきアシュタルテーが教えてくれた。

セシルに負担が掛からないといいけど……とにかく、やってみるか。

「発動――『能力再構築(スキル・ストラクチャー)』」

僕とセシルの間に、ウィンドウが現れる。

僕の方で再構築できるスキルは『剣術ＬＶ２』と『分析ＬＶ１』と『異世界会話ＬＶ５』

『異世界会話』は、この世界で生きていくには絶対に必要。

冒険者をやることを考えたら『剣術』もとっておいた方がいいかな。

僕は『分析ＬＶ１』をウィンドウにセットする。


『分析ＬＶ１』
（１）『周囲の状況』を『詳しく』『調べる』スキル

概念が表示される。

うん。だいたい予想してた通りだ。

セシルのスキルで使えそうなのは『高速詠唱ＬＶ１』かな。『魔法耐性ＬＶ１』『魔力探知ＬＶ１』はそのままにしておこう。防御重視で。

「……いいかな、セシル」

「はい……お願いします。ナギさま」

セシルがうなずく。

僕は、セシルの胸に手を乗せた。

ふわり、という感触。

見た目とは違う。女の子らしい、柔らかい胸だった。

二人のスキルを混ぜるときはこうするってアシュタルテーに聞いてるけど──すごく緊張する。息が荒くなってないよな……震えてないよな。セシルを傷つけないように、ゆっくり。あと、セシルを不安にさせないように──よし、始めよう。

僕はすぅ、と息を吸い込む。

セシルの中に『僕』を入れて、大事なものを引き出すイメージ。

「……あ……あぁ」

「大丈夫？」

「へ、へっちゃら、です……くっ、あ」

セシルが苦しそうな息を吐く。

「や、や……あ、なんですか……これ……やだ。じんじん……します」

僕の手から伝わる熱が、セシルの中を駆け巡ってるのがわかる。

主従契約した相手のスキルに干渉する『能力再構築』の固有効果だ。

魔力がセシルの身体(からだ)を触手のように絡め取りながら、スキルの中に入り込もうとしてる。

「ま、待って……ください……やだ……や……あああっ」

捕まえた。

『能力再構築』のウィンドウに、セシルの『高速詠唱LV1』が表示された。


『高速詠唱LV1』
(2)『呪文』を『高速』で『唱える』スキル

「はぁ……あ……ああ……あ」

「ほんとに大丈夫か、セシル」

「だい、じょぶです」

セシルは汗びっしょりだった。

胸を押さえて、熱い息を吐いて、なのに微笑(ほほえ)みながら僕を見てる。

「……なんだか、嬉(うれ)しい……です。ナギさま……ぁ……」

僕とセシルは『能力再構築』のスキルを通してひとつになってる。

気がつくと、僕の呼吸も速くなり、セシルの呼吸とシンクロしてた。

鼓動も同時に、どくん、と、鳴ってる。

「じゃあ、続けるよ」

僕の問いに、セシルはこくん、とうなずいた。

責任重大だ。

セシルのスキルを無駄にするわけにはいかない。

高速詠唱に見合うスキルを作らないと。

……ってことは、こうかな。

『高速詠唱ＬＶ１』の文字を、ゆっくりとセシルの中から引き抜く。

少し抵抗があるけど、動かせる。力を入れるたびにセシルの「……んっ！」って声がする。慎重に行こう…………よし、動いた。

僕はそれを『分析ＬＶ１』に差し込む。

「は……ぁ……あ、んっ。ぁ…………」

(1)『周囲の状況』を『高速』で『調べる』スキル

文字が入れ替わる。

「はうっ……や……あぁ」

今度は『分析ＬＶ１』から取り出した文字を、セシルの中に突き入れる。

ゆっくりと。時間をかけて。セシルをこわさないように。

(2)『呪文』を『詳しく』『唱える』スキル

「や！　あ、あ……やぁ……ぁ……ああっ！」

文章に干渉するたびに、セシルが甘い声を漏らす。

文字が、かつん、とぶつかるたびに、セシルの背中が、びくん、と、震える。

魔力がセシルと僕を繋（つな）いでるんだけど、なんだか僕自身がセシルの身体をなでまわしてるみたいな……変な気分になってくる。

文字を入れ替え終えた瞬間、セシルの身体が大きく跳ねた。

白い衣がずれて、鎖骨の下までむきだしになる。

小さな胸がすごい勢いで鼓動してる。胸の先端が——つん、と固くなってるのがわかる。僕がほんの少し手を動かすだけで、小さな身体はびくん、と反応する。セシルは切なそうに目を、ぎゅ、って閉じて、太ももをこすり合わせてる。

セシルの汗のにおい。

耳元をくすぐる吐息のせいで、僕の頭までくらくらしてくる。

セシルはそのまま僕の身体に寄りかかり、崩れそうになる。

体力の限界が近いみたいだ。早く終わらせないと。

僕は『能力再構築（スキル・ストラクチャー）』を『実行』する。

「『能力再構築（スキル・ストラクチャー）』——完了！」

「あ————ぁあ！」

もう限界だって思ってたセシルが喉を反らして声をあげる。

胸を押さえながら、びくん、と、もう一度、小さな身体が跳ねる。

今度こそ本当に体力が尽きたみたいに、くたり、とベッドに崩れ落ちる。

真っ赤な目に、涙があふれてる。

「……だ、大丈夫か⁉」

スキルの使い方はこれでいいはずだけど、もしかしてなにか失敗したとか……？

「ご、ごめん！　こんなにセシルに負担がかかるなんて思わなかった」

「……だいじょ…………ぶ……ですぅ」

スキルが変化していく。

今回『能力再構築』が作り出したスキルはふたつ。

『高速分析ＬＶ１』：周囲の状況を素早く分析する。高速化した分だけ、効果範囲は減少。（ＵＲ）
こっちは僕のスキル。

『古代語詠唱ＬＶ１』：呪文を古い言葉（古代語）で詠唱する。詠唱速度は通常より遅くなり、代わりに威力が大幅に増大する。（ＵＲ）
こっちが新しくなった、セシルのスキルだ。
「古代語詠唱って……？」

「わたしたち魔族が使っていた魔法言語です……今はもう、使うひともいなくなったもの」

汗ばんだ手で僕の手を握り、セシルは言った。

「今使われている呪文は、速度を高めるために文法が簡略化されてるんです。わたし、ご先祖様の魔法を使えるようになったんですね……」

そういうことになったらしい。

『呪文』を『詳しく（今は簡略化されている文法を元通りにして古い言葉で）』『唱える』ってことか。これが僕とセシルのスキルと魔力を合わせて生まれた、高等スキルだ。

僕一人だけでスキルを再構築するとレアになって、セシルと一緒に再構築するとウルトラレアになる、って考えるとわかりやすいかな。

というか、意外とフリーダムだな『能力再構築』。

「ありがとうございます……ナギさま」

「……泣いてるの……？」

「嬉しいんです。わたしは魔族の最後の生き残りで、両親から受け継いだものなんかなにもないって思ってましたから……わたしの中から、こんなすごいものを引き出してくれるなんて」

セシルは両腕で、僕の身体を、ぎゅ、と抱きしめた。

「やっぱりナギさまは、わたしのご主人様です」

半分くらいは実験のつもりだったんだけど。

まぁ、セシルが喜んでくれるならいいか。

「……わたし……がんばり……ますから……ずっと……ご一緒……させて………」

すとん。

って、セシルはそのまま眠ってしまった。

やば、僕も眠くなってきた。

考えてみれば、今日は異世界1日目だった。なのに働きすぎだ。

セシルが寝てるわらのベッドの空いてるとこに、横になる。

……隣に女の子が寝てるのなんて生まれてはじめてだ。褐色の肌の小柄な女の子で、着てるのは布を切り貼りしたような粗末な服。大きく開いた襟元から、いろいろ見えそうで見えないようでやっぱり見えてる……けど、今はなんにも感じない。

疲れすぎると人間、基本的欲求だって感じなくなるんだ。

……明日(あした)になったら「やっぱり全部夢だった」ってなったら泣く。たぶんすごく泣く。

でも、今日はもう、眠い……限界……。

うぅ。

おやすみなさい異世界。

第6話「古代語魔法で王都を脱出する」

目が覚めたとき、まわりはまだ薄暗かった。

時計は……ない。寝てるのはわらのベッド。隣には首輪をつけたセシル。よし、異世界だ。

……なんだか騒がしいなぁ。

目が覚めたのはそのせいか……。

ファンタジー世界の宿って、遮音性はいまいちだな。はじめて知った。

一応、そこそこの値段の宿を選んだんだけど。

壁は煉瓦(れんが)だけど、床は木造だし。

「ドアを壊して一斉に踏み込め」「相手は謎のレアスキル持ち」「寝てるから大丈夫だ」「金づる」「ふん縛って『契約』させれば一生安泰」とか、物騒な声が聞こえるし——って。

「セシル起きろ！」

「……ナギさま？　……はっ」

がば、っと起きたセシルが僕の前で土下座する。

「すいませんっ！　ご主人様と同じベッドで、しかも起こしていただくなんて!?」

「そういうのはいいから荷物をまとめて。ここを出るぞ！」

「はいっ」

セシルはすぐに立ち上がる。

長い耳はだてじゃないらしい。

ドアの向こうから聞こえる声が、奴隷商人とスキル屋の声だって、セシルも気づいてる。

荷物は昨日、宿についてすぐに、いつでも発てるよう準備しておいた。

どうせ、今朝早く王都を出るつもりだったんだ。

「準備できました！」

「よし、じゃあこっちへ」

とりあえずドアに椅子を立てかけてつっかえ棒の代わりにして、僕とセシルは壁際に寄る。

セシルは出られるかもしれないけど、僕は無理だ。

窓は――小さなものが天井近くにあるだけ。

「……ちっ、開かねぇ！　気づかれたぞ手前らっ！」

がたがた、とドアが揺れた。

「くそ。もしかしてお楽しみの最中ってやつか？　ご主人様に女にしてもらってるのかよ、セシル！」

「…………まだですよね？　ナギさま」

「『まだ』ってなんだよ!?」

どうして目をきらきらさせてるの？　そんな予定ないよ！　たぶんきっと今のとこ！

思わず突っ込みながら、僕は壁を探る。

薄い煉瓦の壁。角部屋だから、その向こうは外だ。

宿に泊まる前に位置は確認してた。確かこっちに街路樹が――

「お邪魔しますよ。お客様」

ドアが蹴破られた。

入って来たのは小男の奴隷商人と、眼鏡を掛けたスキル屋。

それと、棍棒を持った大男たちだった。

「朝からすいません。あなたがお持ちのレアスキルに興味がありまして。できれば他のスキルも買い取らせていただきたいと思ったのですよ。なに、手荒なことはいたしません。ご一緒に商売を始めたいと、できればあなたと『契約』──って、話聞けよ！」

「こわいから嫌だ」

よし、逃げよう。

僕は壁に向かってスキルを発動させる。


「『建築物強打』！」


どごん！

煉瓦の壁に穴が空いた。

「逃げるよセシル！」「はい、ナギさまっ！」

僕たちは穴から外へ。

街路樹の枝を掴んで──ってこわっ。折れそう。いや、折れる？　まずいまずいまずい！

「ナギさま、受け止めますからっ！」

先に降りたセシルが両手を広げてる。

「無理だろそれは！」

ええいっ。

僕は枝から手を放した。数メートルの垂直落下。着地——じーん、と足が痺れる。けど、耐えた。

壁に空いた穴から奴隷商人たちがこっちを見てる。

あいつらなら穴を通れるかもしれない。でも、大男たちは無理だ。

「見ましたか、ナギさまのお力を！」

セシルがちっちゃな胸を張って、奴隷商人たちを見上げた。

「わたしのご主人様はすごいんですっ！　これ以上追ってくるというのなら、ナギさまの拳があなたたちの胴体にも風穴を空けますよ‼」

いや、それ無理なんだけど。


『建築物強打ＬＶ１』：部屋の壁や内装に強力なダメージを与える。破壊特性『煉瓦』『木の壁』

てなわけで、対人破壊力はゼロです。

「いくぞセシル！」

僕はセシルの手を引いて、夜明け前の町を走り始めた。

「くそっ、しつこいっ！」

こっちには土地勘がない。

僕は昨日召喚されたばっかりだし、セシルはずっと奴隷屋の中にいた。

追っ手はこの町の住人だ。大通りも路地も知り尽くしてる。

細い道に逃げれば見つからないと思ってたのに、逆に挟み撃ちにされた。

「左から二人、右から二人か」

まわりは煉瓦造りの住宅地。

ドアの開いている家がひとつ、ふたつ。

逃げ込んでも意味がない。追い詰められて終わりだ。

『建築物強打ＬＶ１』は、壁を破壊できるけど、人体にはダメージを与えられないんだから……っ
て、あれ？

「セシル、ちょっと来て」

「は、はいっ」

僕はセシルの手を引いて、手近な建物の中へ逃げ込む。

そして、

「『高速分析』」

スキルを発動。

高速分析は『周囲の状況』を『素早く』『分析する』。

効果範囲は狭くても、すぐそこまで追いかけて来てる奴らくらいはサーチできる。

煉瓦の壁と重なり合うようにウィンドウが開いた。

『大男その1』と『大男その2』――わかるのはそれだけ。

さすがに初対面の敵のステータスまでは無理か。

でも、ウィンドウの動きから、あいつらの位置はわかる。

あ、来た。壁の向こうにいる。

タイミングを合わせて――せーのっ。

「『建築物強打』！」

どがん！

煉瓦の壁に大穴が空いた。

吹き飛んだ煉瓦が、壁の向こうにいた男たちをなぎ倒した。

反対側から来てた男たちの動きが止まる。

「『追うな』と言ったはずだ。セシルの警告が聞こえなかったのか？」

にやり、って、不敵な笑いで威嚇しておいて、っと。

「よし、こっちだセシル」

「ナ、ナギさま⁉」

男たちがひるんだ隙に路地から脱出。

僕たちは大通りに向かって走り出す。

「やっぱりお力を隠してたんですね！　建物ごと男たちをなぎ倒すなんて！」

「僕は倒してない。建物が勝手にやりました」

「……え？」

『建築物強打』は人間には通じない。壁や家具を吹っ飛ばすだけ。

壁が吹っ飛んだ先に人間がいたとしたら、それはスキルとは関係ない。

「僕は壁を壊しただけ。その向こうに人がいたのは、ただの不幸な事故だよ」

「……わたしの魔法を使いましょうか？」

「やめとく。目立ちたくない」

「でも、このままじゃ……」

僕たちは大通りに出た。

人通りはまったくない。

あいつらが追いかけてくる。ほんっとにしつこい。

まったく……朝から働かせるんじゃねぇ。

こっちは低燃費で生きるために王様の勧誘を断ったってのに。

「……しょうがない。セシル」

「はい、ナギさま」

「魔法を使ってよし！　ただし殺傷能力がなくて詠唱が早くて、一番地味で威力の弱い奴を」

「灯り（ライト）の魔法でどうでしょう」

『灯り』か。

まだまわりは薄暗い。相手の視力を一時的に奪って、その間に隠れるって手か。

そして夜明けを待つ、と。よし、それでいこう。

「わかった。『灯り』で敵を足止めしてくれ、セシル」

「はいっ！」

セシルが詠唱を始める。

「『この世界の始まりに在りし根源を呼び覚ます。すべての生命を作り出し、すべての生命の導きとなるもの。夜を追い払い、闇を食い尽くし、植物を養い、生きとし生けるものの希望となりし――』」

「……あれ？」

「『其は我であり、我は其である。元来、無である世界を我は何故照らせしか。揺らぐ、揺らぐ、揺らぐ。すべてを育みながら、触れること能わざる波。夜明けを告げ、天を巡りしものより降り注ぐ。天を満たせしあまたの星々より降り注ぐ。たたえよ。すべての生命はたたえよ――』」

「詠唱長っ？　いやこれ『灯り』だよね⁉　最弱魔法って言ったよね⁉」

――もしかしてセシル、『古代語詠唱』使ってる？

嘘だろ。こんなに詠唱が長くなるのか？

奴隷商人とスキル屋、大男たちが路地から出てきた。

僕はセシルの手を引きながら走ってる、けど、追いつかれそうだ。
まずい——いまさら目くらましをしたって——

「『今まさにここに日輪の元素を召喚せり！　灯り（ライト）』‼」

セシルの詠唱が完了した瞬間、
王都に太陽が出現した。

「ぎゃあああああああああああああああああっ‼」
絶叫があがった。
追っ手の男たちが目を押さえて転げ回ってる——と、思う。
あいつらみんな光に飲み込まれてるから、その外にいる僕にはわからない。
巨大な光の球体が、王都の大通りとまわりの家を包み込んでる。
もちろん、ここにあるのは太陽そのものじゃない。
あるのは太陽っぽい光だけ。そうじゃなかったら町ごと蒸発してる。
僕とセシルは影響を受けてない。
光があるのはわかるけど、まぶしくはない。
魔法の使用者と、その主人は守られてるらしい。
だけど、なんだこれ。『灯り』だよね？　攻撃魔法じゃないんだよね⁉

「……古代語魔法こわっ」

魔族が滅ぼされた理由がわかった。

古代語魔法、威力インフレしすぎだろ。

「やりました！　一番弱い魔法で撃退しました！」

「うん……すごいね、セシル」

頭を撫でると、えへへ、と嬉しそうなセシル。

ごめん。僕は君をチートキャラに作り替えてしまいました。

「ところで、普通の『灯り』の詠唱って？」

「『精霊よ我が前を照らせ。灯り』！　です」

セシルの指先に直径1メートルくらいの、光る球体が生まれた。

「……それでよかったんじゃないかな」

「せっかくナギさまがくれた新しい力ですから、使ってみたかったんです」

セシルは祈るように手を合わせて、僕を見た。

なにその迷子の子犬が主人を見つけたような目。

「……いけないこと、しましたか？」

「いけなくはないけど」

「昨日、はじめてナギさまがわたしの中に入ってきてくださったとき、すごく満たされた気持ちになったんです……」

夢見るような口調で、セシルは言った。

「わたしの一番深いところにナギさまが触れてくれて、わたしも知らなかったわたしを目覚めさせてくれました……恥ずかしかったですけど……うれしかったんです。ナギさまと繋がってることが。昨日までのわたしとは違うんだ、なにも知らなかった時にはもう戻れないんだ……って思いました。身体中がじんじんして、ナギさまが動くたびにわたしの中に稲妻が走ったみたいになって……どうにかなっちゃいそうなのに……もっとしてほしいような……そんな気分になって……またナギさまにして欲しいなって……」

「スキル調整の話だよね⁉ そうだよね⁉」

往来でなに言ってんですかセシルさん⁉

あっちこっちで窓が開く音がする。

セシルが生み出したチートな『灯り』が消えていく……まずい。

「逃げよう。セシル！」

「はい。ナギさまと一緒なら、どこまでも」

僕たちは走り出す。

みんなチートな『灯り』に気を取られて、僕たちを見た人はいなかったみたいだ。

そのあと、城門が開くまで、物陰に隠れて。

僕たちは王都を脱出したのだった。

今回使用したスキル

『古代語詠唱ＬＶ１』

呪文を詳しく唱えるスキルで、現在の魔法では省略されている単語や文法をすべて盛り込んでいるため、詠唱がかなり遅くなる。

代わりに威力は数十倍に跳ね上がり、例えば「灯り（ライト）」は現代の閃光弾（せんこう）が数分炸裂（さくれつ）し続けるのと同レベルの光を発する。光球のサイズは直径数十メートル。

代償として、魔力の消費がえらいことになる。


『建築物強打ＬＶ１』

殴ったり切りつけたりすることで、建築物にダメージを与えることができる。

「木の壁」「煉瓦（れんが）の壁」なら、破壊して穴を空けることも可能。

対人攻撃力はないが、建築物の破片が相手に激突した場合はその限りではない。

なお、レベルが上がると壊せる材質が増える。

第7話「メテカルへの旅の途中で神官長に出会う」

王国第二の都市メテカルは、王都から歩いて2日のところにある。

僕は旅慣れてないし、セシルは歩幅が小さいから、2日半くらいはかかりそうだ。

「追っ手が気になるから前半は急ぎで、後半はのんびり、ってとこかな」

王都から続く街道は広く、まわりには草原が広がってる。

旅をしてる人たちは、みんな馬車を囲んだりして、集団で移動している。

魔物に襲われるのを防ぐため、ってことらしい。

二人だけで旅をしてるのは僕たちくらいだ。

「セシル」

「はい、ナギさま」

「こういう時って、適当なキャラバンに混ぜてもらうことってできるの？」

「できると思います。腕利きの護衛がいれば、向こうも安心ですし」

「腕利きの護衛？」

「ナギさまのことです」

「セシルはチートキャラだけど、僕はどうかなぁ」

「意味はよくわかりませんけど『ちぃときゃら』？　のご主人様なんですから胸を張ってください」

「まぁ、なんとか交渉してみるよ」

街道を進んでいる馬車はふたつ。

僕たちの前にいるやつと、後ろにいるやつ。

前にいるのは金持ちっぽい箱形の馬車で、壁に竜の紋章がほどこされている。セシルによると竜の紋章を使っているのは、冒険者ギルドのバックアップをしている商人たちらしい。だから鎧(よろい)を着た剣士や、杖(つえ)を持った魔法使いに護衛されてるわけか。

後ろにいるのは、やっぱり屋根と壁があり、どちらにも翼のような紋章がついた馬車。前にいるものよりも少し小さくて、飾りも少ない。実用一辺倒、って感じの馬車だ。こっちは女神をあがめる『イトゥルナ教団』の馬車らしい。

まわりにいる人たちがみんな同じようなローブを着て、同じような杖を持ってるのはそういうわけか。みんないかにも神官系だ。

商人の馬車に乗ってるのは、たぶんギルドの関係者。

メテカルのギルドに向かってるなら、僕たちと目的は同じだ。接触すれば向こうの情報を得ることもできるし、まわりにいるのが冒険者なら、彼らと仲良くなっておくのは悪くない。

『イトゥルナ教団』の馬車に乗っているのは教団の偉い人だろう。

教団は人間至上主義で、僕のような人間には優しいけど、エルフやドワーフのようなデミヒューマンのことは見下してるらしい。ただ、回復魔法の使い手が多く、病人や弱ってる相手にならデミヒューマンでも親切にするってのが複雑なところだ。『弱き者に手をさしのべる』ってのが女神の教えだとか。

本当はどっちにも近づきたくない。

けど、旅の安全には代えられない。

どうしても同行しなきゃいけないとすると……この場合。

「選択肢は決まってるよな」

僕は後ろの馬車に向かった。

「ナ、ナギさま⁉」

「なんだよセシル」

「前の馬車じゃないんですか？」

「なんでギルドの人と今から会わなきゃいけないんだよ。メテカルに着いたらどうせ顔を合わせることになるだろ？」

「いえ、情報を得ておくとか、自己紹介しておくとか」

「セシル……よく考えて」

セシルはかしこい。記憶力もいい。

けれど、ひとつだけ大事なことを忘れている。

「ギルドの人に気に入られたら、働かなきゃいけないじゃないか」

「なにも間違ってませんよ⁉」

「そのせいで僕たちのスキルが見抜かれる危険性があるだろ」

僕の『能力再構築(スキル・ストラクチャー)』はレアスキルクリエイトというわけのわからないものだし、セシルの『古代語詠唱』は最弱魔法を極大魔法に変える問答無用のチートスキルだ。

個人的に親しくなって詮索(せんさく)されて、正体がばれても困る。

だから、ギルドの人たちとは、あくまで仕事の上だけのつきあいにしておきたいんだ。

ほら、仕事先の人と個人的に仲良くなっちゃうと、「俺とお前の仲だろ？　一日くらい徹夜でバイトしてもいいじゃねぇか。深夜手当とか水くせえことはなしだぜ、なぁ！　おおっと、お前のタイムカードを二度押ししちまった。これじゃ何時間働いたかわからねぇな。がはは！」ってことになったりするし。

「僕たちの目的を忘れたのか？」

「『無為自然にして天下に遊ぶ』ですよね？」

「うん、無理はしないで普通に生きよう、ってことだ」

なので、チートスキルが見抜かれる可能性があるギルドの馬車は却下。

多少の問題はあるけど『イトゥルナ教団』の馬車に、同行してもいいか聞いてみよう。

「……でも、ナギさま。わたしは……」

セシルが自分の耳をつまんで見せた。

長い耳と、褐色の肌。それに赤い瞳。

魔族の証拠だ。

まぁ、魔族はセシルを残して滅んでしまったから、ダークエルフってことで押し通せるんだろうけど。

「わたしのせいで、ナギさまが白い目で見られるのは嫌です」

「大丈夫。僕に考えがある」

僕だけじゃなく、セシルが見下されることがないようにする。

手始めに相手の意表を突くことから。

ここはひとつ、ダメ元でぶつかってみよう。

『『イトゥルナ教団』の方。こちらは旅の者です。メテカルに行かれるなら安全のため、同行してもいいですか？」

僕は馬車を囲む神官のひとりに声をかけた。

フードの奥にある目が、僕とセシルを見た——ような気がする。

あー、なんとなく返ってくるセリフが想像できるな。

「下賤なダークエルフの奴隷と、その主人の同行は認められない」

「彼女は奴隷ではありません。嫁です」

僕はすぐさま言い返す。

「——!?」

「……はあああああああああああっ!?」

セシルが、ぼん、と音がするみたいに真っ赤になり、神官が変な声を上げた。

「だ、だが首輪をしているではないか」

「そういうプレイです」

「————っ!!?」

「し、しかしダークエルフであることに間違いはあるまい！」

「愛の力で身体の中から浄化中です」

「────────っ!!!!」

「こ、こ、こ、こ、こんな小さな少女にか!?」

「ダークエルフの成長速度は人間とは違います。身体の大きさなんか関係ありません。彼女はもう身も心も立派な大人で、僕を受け入れてくれる人間的な器(うつわ)があります」

「────────!!!!!?!???」

「『イトゥルナ教団』があがめているのは慈悲の女神と聞きました。種族の違いを乗り越えて僕を受け入れ、正しい道をめざす彼女を差別するのは、教団の教えに反するかと思われますが、いかがでしょう?」

「────────きゅう」

顔を限界まで真っ赤にしたセシルが、へにゃ、と崩れ落ちた。

よし、ナイスアシストだ。

「ああ、よめがー、やはりむりをさせすぎたかー、だいじかー」

「あ、ぇ、あ………………し、神官長!」

神官が慌てて馬車に駆け寄る。

小さな窓越しになにか話していたと思ったら、すぐに戻って来て。

「……神官長が、その娘を馬車に乗せよ、との仰せだ」

なぜか地の底から響くような声で言った。

「メテカルまでの同行を許す。それまでに、汝(なんじ)の性根をたたき直してくれる、とのことである」

「ああん、かわいそうかわいそう！　こんなちっちゃいのにぃ！」

かいぐりかいぐり。

馬車に乗ったセシルの頭を、金髪の少女がすりすりとなで回してる。

少女が着てるのは、羽みたいな刺繡がたくさん入った白いローブ。腰まである長い髪には銀色のアクセサリをつけてる。彼女は桜色の目を涙ぐませて、隣に座ったセシルを抱きしめてた。

綺麗な少女だった。

ふわふわとした金髪は天使みたいだし、セシルを見てる顔はやわらかな笑みを浮かべてる。慈悲にみちたおだやかな美貌、って感じだ。スタイルもいい。というか、セシルの頭が大きな胸にうもれそうになってる。

「どうすればいいの？　この男ぶっ殺す？　どうすればあなたは幸せになれるのかしら？」

でも、その口から出てくるのは毒舌だった。

「……『イトゥルナ教団』は人間以外をさげすんでるんじゃなかったのか……？」

「口きくな外道」

ぎろり、と、金髪の少女がこっちを睨んだ。

……こいつが神官長だよな。そう呼ばれてたし。

名前はリタ＝メルフェウス。

このキャラバンの代表者らしい。

「だいたい、なんであんたまで馬車に乗ってるのよ。座席が汚れるから降りてくれない？　外歩きなさいよ。歩くのが嫌なら引きずってあげるわ。ロープ貸すから首に巻き付けときなさいよ。目が覚めたらメテカルに着いてるわよ。覚めないかもしれないけどっ！」

「自分だけ馬車に乗って、ナギさまを歩かせるなんてできませんっ」

「ああん、なんていい子なの？　セシルちゃんって呼んでいい？　私のことは、リタお姉ちゃんって呼んでいいわよ？」

「……『イトゥルナ教団』の人は、ダークエルフを嫌ってるんじゃなかったんですか……？」

「教皇さまや司教さまはね……」

やっとセシルを解放して、神官長リタはため息をついた。

外には聞こえないように、小声で続ける。

「だから私も表向きはそれに合わせなきゃいけないってわけ。魔族ならともかく、デミヒューマンを嫌うなんて時代遅れもいいとこよねー」

……こいつ。

今、さらっとひどいことを言いやがった。

「ああん、でもセシルちゃんなら魔族でもいいかも――っ」

前言撤回。

こいつ見境なかった。

「ダークエルフだろうと魔族だろうと、セシルちゃんみたいに可愛い子は救われるべきなの！　慈悲なの！　なのに首輪はめて奴隷プレイするなんて許さないんだから――って、なによこれ。外れ

ないじゃない」

「そりゃ『契約(コントラクト)』してるからな」

「『契約』ぅ⁉　どこまで本格的なのよこの変態っ！」

がるる、と、神官長は歯をむき出す。

あー、元の世界だったら間違いなく通報されてるな。異世界でよかった。

セシルが僕のほうをちらちら見てる。

そういえば『イトゥルナ教団』に同行したあとどうするか打ち合わせしてなかった。

いや、さすがに馬車にまで乗せてもらえるとは思ってなかったんだけどさ。

それに、他の神官たちとこいつの態度が違いすぎる。本当に外の神官たちのリーダーなのか、って思うくらい。威厳のかけらもない。というかフレンドリーすぎる（主にセシルに）。

「わたしは、ナギさまのものですから」

神官長の手から逃れて、セシルが僕の方に来る。

「ナギさまを悪く言うひとは、きらいです」

「…………この外道！」

あ、やっぱり僕が怒られるのね。

「セシルちゃんにあんなことやこんなことをして、離れられないようにしてるんでしょう？　ああ、なんて無力なの……私にお金があればセシルちゃんを買い取ってあげられるのに……」

「わたしは、高価(たか)いですよ？」

「いくらで契約解除できるの⁉」

「1200万アルシャです」

………おい。ちょっと待て。

僕がセシルを引き取ったとき、12万アルシャじゃなかったっけ。

いつの間にそんなインフレしたんだ？

「わたし、ナギさまの手で『新しいわたし』にされちゃいましたから……」

「かわいそうにいいいいいいいいいいっ！」

(お前意味わかってないだろ⁉　勝手に盛り上がってるんじゃねぇ！)

って、言いたいけど……口に出せない。

馬車のまわりは神官たちが固めてる。

こっちは同行したいってお願いしてる立場だ。あんまり失礼なこと言うわけにもいかない。

ぜんっぜん威厳なんかないけど、目の前で大泣きしてるこいつは、『イトゥルナ教団』の神官長で、セシルによると教皇や司教の次の次くらいには偉いらしい。

「ごめんね、私にはそこまでの大金は動かせないわ……そうだ」

そう言って座席の下の荷物から、神官長リタは小さな玉を取り出した。

白い水晶玉。スキルの球体だ。

「セシルちゃん、これを受け取って。コモンスキルでごめんね。

『治癒LV1』よ。この外道のせいで身体がつらいときに使ってね」

「い、いいんですか？」

「私にできるのはこれくらいだもの。あと、あんたにはこれをあげるわ」

そのセリフと一緒に、透明な水晶玉が飛んでくる。

所有者がないスキルだ。どんなものかわかる。えっと。

『瞑想(めいそう)LV1』

「それ使って、自分のけがれた心をよーっく見つめ直して反省しなさい」

……えっと、これは——


『瞑想LV1』

『沈黙』で『五感』に『気づく』スキル

……つ、使えねー。

「し、神官長さまはどうしてメテカルに行くんですか?」

「信者の勧誘」

あー。よくあるよくある。

「魔王戦で回復役が不足してるの。それで『イトゥルナ教団』に入ると、神聖スキルで回復魔法が使えるようになりまーす。必要な人には回復役の人間を派遣しまーす、って勧誘するわけ。神聖系の能力は、人間が一番適性があるからね」

神官長リタは、ふふん、と、鼻を鳴らした。

「女神に選ばれた種族、それが人間！　その加護を活かすのが選ばれし者のつとめ、ってのが、上の人たちが考えた勧誘のうたい文句ね」

なるほどなー。

異世界もいろいろめんどくさいんだな……。

だから『イトゥルナ教団』は人間至上主義を貫いてるわけか。

「新任の神官長ともなると、そういう仕事も回ってくるの。まぁ、期待されてるってこと。せっかく抜擢されたんだから、気合いを入れて成果を上げないとね」

「ひとつだけ聞いてもいいか？」

「嫌よ外道――あぁっごめんなさいっ！　セシルちゃん睨まないで！

……………いいわよ、聞きなさいよ」

だからデミヒューマン差別してる組織にいる奴がどうしてそんなにセシル好きなんだよ。

ちっちゃいのが好きなのか、ダークエルフが好きなのかはっきりしろ。

――って、思ったけど、僕が聞いたのは別のこと。

「あんたは種族間の差別とかないんだろ？　なんで教団の神官長なんかやってるんだ？」

「しょうがないじゃない拾われた身なんだから」

「拾われた？」

「言ったでしょ、『イトゥルナ教団』は慈悲の教団だって。身寄りのない子供たちを、人間限定で引き取って育ててるの。そこから神聖系能力の適性がある子だけを教育して、教団のメンバーにしてるわけ」

「適性のない子供は？」

「……わかるでしょ？」

「奴隷行きか」

「そうとも限らないけどね。冒険者になる子もいるし、お店の手伝いをしてる子もいるにはいるわよ。みんないろいろ事情があるんだから——って、とにかく！」

ぱん、と、神官長リタは膝を叩いた。

「私、やっと信者集めの責任者として神官長にしてもらったのよ？　３階級特進なんだからね！このまま教皇にまでのし上がって教団を変えるの！　デミヒューマンへの差別をやめて、私がセシルちゃんを堂々となでなでできるようにするのよ！」

本人が満足してるなら、それでいいんだけどさ。

というか、こいつの口から信仰とか女神についてとか、一言も出てこないよなー。

「私がセシルちゃんくらいだったころ、獣人の友だちがいたの。セシルちゃんをいじめたりしたら、その人たちに恥ずかしいでしょ？　だから私、そういうことはしないって決めてるんだから」

えっへん、と、神官長リタは大きな胸を張った。

「セシルちゃんくらいの子を見ると、その時のことを思い出すの。可愛かったなぁ……ちっちゃくてぷにぷにで……ちっちゃくて可愛い子って、見てるだけで幸せになるよね」

こいつがセシル萌えなのはそのせいか。

でも、大丈夫か？　行く先々でちっちゃい子を捕まえて撫でてたりしないよな……？

「それはともかく、教団に入ると楽しいこともあるのよ？」

「楽しいこと？」

「歌ね。『イトゥルナ教団』は朝日と夕陽に向かって、女神をたたえる歌を合唱することになってるの。できるだけ人気のないところで、人目につかないようにやるのよ。それはそれは迫力があるんだから。眠れる神も目覚めさせるって言われてるのよ」

「……聞いてみたいです」

「ごめんね。あんまり他の人には聞かせられないの。でもセシルちゃんなら……ああでも、部外者に聞かせたってわかったら神官長の地位が……ああでも、聞いて欲しいかも」

「別にどうでもいいけど」

「あんたには言ってないわ外道。あと、あんたと話したのがばれると恥ずかしいからどっか行って」

「そっか。じゃあ、神官長さまの外面を守るために離れようか、セシル」「はい」

「ああん待って、もう一回だけセシルちゃん撫でさせて！」

こん、ここん。

神官長リタがわたわた手を振ったとき、馬車の扉を叩く音がした。

「失礼します神官長さま。不届き者への説教はお済みでしょうか」

「――と、いうことである！　わかったかな⁉　ダークエルフの少女よ。『女神イトゥルナ』の教えに従うならば、いずれ汝にも人間と同等の祝福が得られるであろう！　また、そこの少年よ！　汝は……救いようがないからさっさと地獄に落ちれば（ぼそっ）」

はいはい。

捨て台詞（ぜりふ）を聞き流して、僕とセシルは馬車を降りた。

「……まったく、成り上がり者が調子づきやがって」

「自分の立場がわかってないんじゃないのか」

「拾われた者のくせに。どこで生まれたかもわからないくせに」

「メテカルでの信者集めの看板が下働きでは、我々が恥ずかしいから取り立ててやったのだろうに。確かに見た目は美しいからな。人集めには役立つだろうよ」

「神官長の地位など、一時（いっとき）のものとも知らずに、勘違いしおって……」


馬車を囲む神官たちのささやき声。

僕たちを見ると、さっ、と目を逸（そ）らす。

馬車を遠巻きにしてるから、僕たちの話が聞こえたわけじゃないだろうけどさ。

……やっぱり教団のキャラバンを頼ったのは失敗だったか。

それにしても……。

「……リタさん、大変ですね」

……だよなぁ。

住んでる世界が違うから、僕にはなにも言えないけどさ。

今回登場したスキル

『治癒ＬＶ１』
自然治癒力を高めるスキル。
疲れたときの回復や、すり傷の治りとかがちょっとだけ早くなる。

『瞑想ＬＶ１』
自分を見つめ直すスキル。
座って黙って自分の五感を見つめたりできる。
レベルが上がると悟りが開けることもある。

第8話「魔族の秘密とセシルの決意」

村に着いたのは、日が暮れる少し前くらいだった。

そこは街道沿いにあり、王都とメテカルのちょうど中間地点に位置してる。

村はずれにある大きな湖で獲れる魚が、名物になってます——っていうのがセシルの解説だった。

『イトゥルナ教団』の馬車の後ろ（目算で50メートルくらい）をついていってたせいか、魔物に襲われたりってことはなかった。

でもそのあと、村についたとたん、すぃーっと馬車が村の外れの方に進んでいったのが意味不明だった。宿とはまったく別方向で、人気のない湖がある方に。

『イトゥルナ教団』は宿に泊まる気はないらしい。10人くらいの集団だから、魔物に襲われることもないだろうし、いいんだけど。

とりあえず僕たちは村で宿を取り、昨日の教訓から角部屋を選んで、ひとやすみすることにした。


「『イトゥルナ教団』は下級貴族の人たちが作ったものだって聞いてます」

宿屋の部屋で荷物を下ろしている途中で、セシルは言った。

「教団で神官以上の地位になれるのは貴族って決まってるんだそうです。それ以外の人は、『神聖力』に目覚めたあと、戦場に送られたり冒険者のパーティに派遣されたりするそうです」

「『神聖力』ってのは、魔法使いの『魔力』みたいなもので、回復や補助魔法に使われる力、だっ

「そうですね。だから教団の信者になると回復役の人を優先して回してもらえたりします。一般の信者がいて、幹部の貴族がいて、教団に拾われた子供たちは戦場やパーティでお仕事……ってことですね」

「拾われたリタが神官長になってるのは、信者集めのための例外って話だしな」

「それでも、戦場にもダンジョンにも行かずに本部の仕事をしてるってことは、やっぱり優秀なんだと思います。それに、いい人でした」

セシルはリタからもらった『治癒ＬＶ１』の水晶玉を眺めてた。

しばらくそれを、小さな手のひらに載せていたと思ったら、

「これはナギさまが持っていてください」

セシルは僕に、その水晶玉を差し出した。

「セシルがもらったんだろ、これ」

奴隷の持ち物を奪ったりしません。

僕は、文明社会からやってきた主人（マスター）だから。

「これはわたしよりナギさまにふさわしいものです」

セシルは一瞬の迷いもなく宣言した。

「だって、ナギさまが死んだらわたしも死にますから」

「なにそれ⁉」

……冗談だよね？

だけどセシルの目は真剣そのもの。

僕と同年代（見た目はかなり下）で人生決めたりしないよね？　しないと言って！

出会って2日目で命投げ出された主人はどうすりゃいいんだ。

「……そ、そうだ。さっきセシル、自分の代金が1200万とか言ってただろ？」

とりあえず話を逸らしてみた。

「あれはなんだよ？　セシルの代金は12万で、それに見合う仕事をしたら自由になれるんだって。『契約』ってそういうもんだろ？」

「ナギさまからもらったものを計算したら、それだけの金額になりました」

「僕からもらったもの？」

「魔族だからって差別しないで、対等に扱ってくれました」

「そりゃ僕は異世界から来てるし。魔族とか関係ないし」

「わたしを『ちぃときゃら』にしてくれました」

「あれはお互いのスキルを知っておく必要性と実験のためだってば」

「……わたしのことを……『嫁』って」

「ごめん教団に同行するために話を盛りました！」

「ナギさまがどう考えてるかはこの際どうでもいいです！」

「なんか扱いがひどくない⁉」

「聞いてください、ナギさま」

すべすべする手で僕の手を取り、セシルは続ける。

「わたしたち魔族は『響き合う種族』なんです」

魔族は、水や風、大地、炎などと同じように、自然の一部としてこの世界に生まれた。

強大な魔力を備えているのは、自然現象の力を借りることができるから。

自然現象には基本的に『個人』は存在しない。

木は森の一部で、水は川や海の一部で、個は常に集団に溶け込んでいる。

それゆえに、個人という意識を持ってしまった魔族は、さびしんぼだった。

そこで彼らは、自分の魂と共鳴するものを見つけて、それと一緒にすごすことを覚えた。

相手は木だったり、花だったり、鳥だったり。

魔族はその特性のために文明にはなじめず、他のデミヒューマンのように人間っぽい生活を送ることはできなかった。だから、土地を奪われ、滅ぼされてしまった。

でも、ときどき、人間と共鳴するめずらしい魔族もいたという。

「わたしみたいな、です」

と言って、セシルは説明をしめくくった。

「わたしは、ナギさまと共鳴したんだと思います。だって、ナギさまと一緒だと幸せな気分になるんですから……『契約』で繋がってると、自分はナギさまの一部なんだなぁ、って。こんなの、生まれてはじめてなんです」

どうしよう。セシルは本気だ。

セシルを買い取ったのはアシュタルテーに頼まれたのと、情報提供者が欲しかったから。

もちろん、側にいて欲しいってのはあるんだけど！

ずっと縛っておくつもりなんかない。

そんなことしたら……僕がブラックな雇い主になっちゃうだろ。

そのうち理由をつけて『契約』を反故にして、セシルには好きに生きてもらおうと思ってたのに。

というか、この時点でもう奴隷を一生所持決定なんて重すぎる！

セシルは可愛いけど！　すごい無防備だし、まっすぐだし。

うっかりこっちの理性が吹っ飛んじゃったらどうしようかって思うし！

異世界に来て、まだ仕事がないどころか住所だって不定なのに、うっかり子供とかできたらどうするんだよ！　人生詰むだろ⁉

「……ナギさま？」

セシルが不安そうに、こっちを見てた。

彼女は『契約』による、僕との繋がりを大切にしてる。

これじゃ……解放するって言っても聞かないよなぁ。

「もちろん、ナギさまが『セシルなんかいらない』っておっしゃるなら……仕方ないです……ナギさまのお邪魔は……できない……ですから」

「それはないからセシル大事だからっ！」

だからそんな捨てられた子犬みたいな顔しないで！

目から光が消えかけてるし、涙がすでにぽろぽろこぼれ落ちてるし。

僕が「いらない」って言ったら死ぬんじゃないか、セシル。

「当たり前だろ。セシルが側にいないと困る。セシルは僕の唯一の仲間で、家族みたいなものなん

抱きついてくるセシルの髪を撫でながら、僕は……理性だけはしっかり保とうと思ったのだった。

僕だって一昨日まで、異世界に飛ばされるなんて思いもしなかったんだし。

まぁ、いいか。先のことは後で考えよう。

「──はいっ」

だからさ」


僕たちは日が暮れてから、村の食堂に出かけた。

セシルはなるべく姿を人目にさらしたくないって、布をフードみたいにして被ってた。

そして食堂に入ったら、

「なんだこの不味い肉は！」

怒鳴り声と、皿が宙を飛んでた。

食堂にいるのは、商人の馬車を守ってた戦士や魔法使いたち。今は鎧もローブも脱いでるから、ドワーフとエルフの集団、って言った方がいいか。エルフたちはうんざりした顔で皿の肉をつついてるけど、ドワーフは怒りがおさまらないみたいで、食堂の店員に食ってかかってる。

……近づかないようにしよう。

僕たちは入り口に一番近い、人気のない席についた。

手を挙げると、女性の店員が、おそるおそるって感じでやってくる。

「……あの」

「すいません！　魚はないんです！　本当です！」

「……はい？」

「申し訳ありません。最近、湖に近づけなくてっ、鶏肉と、デンガラドンイノシシの肉のハムしかありません。ご不満ならどうぞご自身の携帯食をお楽しみくださいっ！」

「……どうしようセシル」

「とりあえずハムとパン。それとスープをお願いします」

「すいませんすいませんすいませんっ！」

　僕とセシルをろくに見ないで店員は逃げるように走り去った。

　と、思ったらすぐに戻って来て、僕とセシルの前にハムとパン、それと緑色の豆の入ったスープを置いた。はやっ。というか、冷めてるし。

「……お代は2アルシャで結構です。すいません」

　僕が銀貨を出すと、店員は引ったくるように取って、また去って行った。

「セシル、ここは魚が特産だって言ってたよな」

「言いました。湖で捕れる淡水魚が村の名産で、それを目当てに人が来るんです、って」

「これ、ハムと豆のスープだよな」

「わたしは美味しいですけど、ナギさまは」

「自然食品だと思えば美味しいけどさ。湖に近づけない、って、なんだろうな」

「湖に近づけない。だから魚が捕れない、ってことですよね」

なんだか、妙に引っかかる。

しばらく僕たちは黙って食事を続けた。

まわりは酔っ払いの声で騒がしい。

商人の護衛役の人たちの声が、嫌でも耳に入ってくる。情報収集にはちょうどいいけど。

「それにしてもむかつくよな！　『イトゥルナ教団』の奴ら！」

「俺らは宿に案内してやろうとしたんだぜ？　そしたらなんて言ったと思う？　『汚れたドワーフとは話しません。同じ宿などもってのほか』だぜ⁉」

「で、わざわざ野宿ってか。人間至上主義もあそこまでいくと異常だぜ」

「食われちまえばいいんだよ。湖の主にさ」

「明日には湖の主退治にギルドの仲間が到着するからよ。俺らが考えることじゃねぇって」

酒が不味くなる。飲もう飲もう——と、乾杯が始まった。

「聞きたいことがあるんだけど」

僕は店員を呼んだ。

「ここは魚が特産なんだよな。なのに湖に入れないってのは？」

「……すいません」

「こっちは情報が欲しいだけなんだってば」

僕はまだ、異世界で手探りしてる状態だ。

セシルの知識のおかげでなんとか普通の人間のふりをしてるけど、それだけじゃ生きてくには足りない。情報なんかあって困るものじゃないんだから。

ちゃりん、と、僕は銀貨を一枚、テーブルに置いた。

「湖の主が、50年ぶりに戻って来たのです」

店員はやっと、口を開いた。

「頭を触手で覆われた巨大魚で、村の者は『レヴィアタン』って呼んでいます。私の祖父の時代にも現れて、冒険者ギルドの人たちに追い払ってもらったそうです。それがまた湖に戻ってきたせいで漁に出られない、というわけです」

「……村に上がってきたりはしないの？」

「水棲生物ですからね。それに『レヴィアタン』は魔物にしては大人しい方ですから」

店員はさりげなく銀貨を、エプロンのポケットに入れた。

「縄張りに入ったり、刺激したりしなければ攻撃はしてきません」

「縄張りに入ったり、刺激したり？」

「例えば湖の側で野営するとか、火を焚くとか、大声を出したりするとまずいですね。興奮して襲って来ます。まぁ、村の人間でそんな馬鹿なことをする奴はいませんから」

追い払ってくれるように、メテカルの冒険者ギルドにお願いしましたからね。明日の夜には片付いていますよ。

恐がらなくても平気ですから、今から村を出たりしないでくださいね。

夜道の方がもっと危険ですよ——そう言い残して、店員は厨房へ戻っていった。

…………。

このパン固いなー。スープ冷たいなー。

もぐもぐ。

でも農薬なしの完全オーガニックだと思うと貴重だなー。

がりがり、もぐもぐ。

…………………………はぁ。

「セシル」「ナギさま」

声がかぶった。

「どうぞお先に」

セシルは膝に手を乗せて、僕の言葉を待った。

「『イトゥルナ教団』の馬車って、湖の方に向かってたよな」

「宿には泊まらないんですよね」

「野営するには、水場があった方がいいよな」

「焚き火も欠かせませんよね」

「『イトゥルナ教団』って、夕陽に向かって歌うらしいよな」

「すごい迫力だって言ってましたよね」

「『レヴィアタン』は、刺激すると襲ってくるっぽいな」

はぁ。

僕たちはそろってため息をついた。

「ナギさま。リタさんは『レヴィアタン』のこと知ってるでしょうか」

「どうかなぁ。あいつ自身はデミヒューマンに優しいけど、他の神官はあれだし。この村の村長さん、さっき見かけたけどドワーフのひとだったよな」

「……ですよね」

もぐもぐ、さくさく。

食事が終わった。

店員が食器を下げると、僕たちがここですることはなくなった。

あとは宿に戻って寝るだけ…………。

……ああもう。

しょうがねぇなぁ。

セシルはなにかを期待してるみたいにこっち見てるし。

リタには馬車に同行させてもらった借りがあるし、『治癒LV1』と『瞑想(めいそう)LV1』もらったし。

貸しも借りも作らないってのが『普通の平穏な生活』のセオリーなんだ。負い目を作ると気になるし、借金すると落ち着かないし。

他の神官連中はどうでもいいんだけどさ。

「セシル。魔法の練習に行かないか」

「魔法の、ですか？」

「攻撃魔法の古代語詠唱にどれくらいの時間がかかるか、まだ確かめてなかった」

「はい、それはいいですけど」

「練習には村から離れた場所の方がいいよな？」

「は、はいっ」

「人気のない場所に向かう途中で知り合いに会ったら、挨拶くらいはするよな?」

「はいっ。あと、情報交換くらいはしてもいいと思います」

「周囲の安全も確認できるしな」

「ナギさま」

「なんだよ」

「そういうところ、かわいいです」

「……ちぇ」

セシルの視線がまっすぐすぎたから、僕は思わず横を向いた。

でもセシルは祈るように手を組み合わせて、微笑んでる。

そして、ぼそり、と、

「……だからこそ、ナギさまのその優しいお気持ちを『ぶらっくばいと?』に利用したひとたちは許せません。どうしてわたしはナギさまと同じ世界に生まれなかったんでしょう……ナギさまをつらいめに合わせる人たちなんか、一人残らず灰にしてさしあげたのに…………」

……なんか物騒なことつぶやいてた。

別に僕は、親切でリタに忠告したいわけじゃない。セシルは勘違いしてるかもしれないけど、正直なところ、メリットとデメリットは計算済みだ。

メテカルまではあと1日かかる。

明日も『イトゥルナ教団』の馬車に同行できれば安心だし。

そのためには、向こうが無事でいてくれなきゃ困る。

それに、貸しを作っておけば、いざという時に味方になってくれるかもしれない。こっちは王家と、王都の奴隷商人やスキル屋に目をつけられてる身だし。

んなわけだから、セシルがそんな眩（まぶ）しいものを見るように僕を見上げてるのは誤解で。

うまくいけば、情報提供の代わりになにかくれるかもしれない。

いや、要求しよう。

そんなわけで、僕たちは食堂を出て湖に向かった。


手遅れだった。


「ちょっと！　なにこれ！　にゅるにゅるやだああああっ‼」

『イトゥルナ教団』のキャラバンはもう壊滅状態で——

神官長リタがひとりで、湖から襲いくる触手の群れと戦いを繰り広げてた。

用語解説

「魔族」


かつて大陸の奥地に住んでいたデミヒューマン。

自然の一部として生まれたのに「個人」という意識を持ってしまったさびしんぼ。

樹（き）や動物、花など、自分が「共鳴」した相手をなによりも大切にする。

成長は人間より遅く、同じ年齢でも5歳から10歳くらいは幼く見える。これは大切な相手と、できるだけ長く一緒にいたい、という種族の特性によるもの。まれに、共鳴する相手と出会った瞬間に成長が止まってしまう（そこで成人となる）ものもいる。

第9話「神官長は見た！　村の湖に潜む巨大水棲生物『レヴィアタン』‼」

『レヴィアタン』

巨大水棲生物。大きさは小型のクジラくらい。

頭部が無数の触手に覆われていて、縄張りを荒らしたり、住処の近くで騒いだりすると襲ってくる。触手の先端には麻痺毒を注入するための針がある。基本的に雑食で、なんでも食らう。住民が羊や牛を食われたこともあるらしい。

イメージは、頭にイソギンチャクを乗せたクジラ。

やっかいなのは触手に再生能力があること。斬っても斬ってもすぐに元に戻る。

前はＬＶ15クラスのスキル持ち冒険者が６人がかりで撃退したとか。

ちなみに追い払ったときの報酬は４万アルシャ。

退治したら８万アルシャ。ただし、ギルドに加入してない僕たちには関係なし。

「やだやだやだ！　なんでこんなのがいるのようっ⁉」

湖から、文字通りクジラのような頭が突き出ている。そこから数十本の触手が伸びて、湖岸にいるリタを絡め取ろうとしてる。リタは飛んだり跳ねたりしながら、それを寸前でかわしてる。

大変だなー。

間に合わなかったか。

僕たち途中で村人に『レヴィアタン』の情報を聞いたりしてたからなぁ。

リタは襲ってくる触手を寸前でかわして、蹴(け)って殴って、なんとか撃退しようとしてる。

なるほど。武術のスキル持ちか。

まるで野生動物みたいだ。

何十本もある触手をかわして蹴飛(けと)ばしてる。背中に目でもついてるのか、あいつ。

一人でも『レヴィアタン』の攻撃をしのげるくらい優秀なんだ。リタって。すげー。

「セシル」

「はい、ナギさま」

「さっそくだけど、古代語魔法の練習をしよう」

「わかりました。『火球(ファイアボール)』を使ってみます」

「了解。合図したらはじめてくれ。おーい、神官長リタぁ――――!」

僕は岸辺で戦うリタに向かって叫んだ。

「これから特大魔法ぶちかましますから逃げてこーい」

「やめてやめてだめぇ!」

「なんで!?」

僕の声に、リタは岸辺に停(と)まった馬車を指さした。

馬はいない。

窓とドアが開きっぱなしで、そこからひとの足が何本も突き出てる。

シュールだった。

あれは、『イトゥルナ教団』の人たちか。

触手から逃げようとして馬車に飛び込んだら麻痺毒くらった、ってとこかな。

「部下を見殺しにしろっていうの⁉　助けるなら全員助けなさいよ！」

「えー」

「えー、じゃないでしょぉおおおおおっ！」

僕の戦闘能力でこの状態に割り込むのはかなり危険だ。

岸辺はピンク色の触手がにゅるにゅるしてて、それをリタが必死に捌（さば）いてる状態。

そこに割り込んで馬車を救出するのは、『剣術』がＬＶ２しかない僕にとって、相当難易度が高い。

馬車には同行させてもらったけど、命をかけるほどの義理はないし。

リタひとりくらいなら助け出せるんだけど。

「わかったわよ！　依頼！　正式に依頼します。だから――って、またにゅるにゅる来たあああああっ！」

話してるうちにリタが追い詰められていく。

『レヴィアタン』の動きを少しでも止めないと、話す暇もないか。

「セシル。通常魔法であいつの動きを止められる？　古代語火球を撃つ魔力を残しておけるレベルの奴で」

「『炎の矢（フレイムアロー）』なら使えます。ただ、この距離ですから牽制（けんせい）くらいにしか……」

「それでいいよ。とりあえずリタと話す余裕ができれば」

「はいっ」

セシルが片手を宙に掲げた。

「『精霊の息吹よ我が敵を撃て！　炎の矢‼』」

人の腕くらいある火炎が、湖めがけて飛んでいく。

触手の根元に直撃を食らった『レヴィアタン』の動きが止まる。数十本ある触手をたたんで、湖岸に引く。けど、触手の先端は馬車を狙ってる。敵が動き出したらまた『炎の矢』を撃つようにセシルに頼んで、僕は少しだけリタに近づいた。

「慈悲の教えをなんだと思ってるのよぉ！　困ってるひとを見捨てるなんて、やっぱ外道ぉ！」

こっちに背中を向けながら、リタが叫んだ。

あー、やっぱり、言われると思ったけどさ。

「村長さんに挨拶もしなかったお前らが悪い。湖の近くでキャンプするって伝えれば、絶対『レヴィアタン』のこと教えてくれたはずなんだ。無視して危険地帯に足突っ込んだのはそっちだろ！」

「ちゃんと言ったもん！　お世話になるんだからドワーフの村長さんに挨拶してきなさいって！　部下はちゃんと『挨拶しました』ってゆってたもん！」

「まわりに人気がないのは見ればわかるだろ！　漁の船が出てないのとか、おかしいと思わなかったのかよ⁉」

「言ったもん！　そしたら『10日前もここでキャンプしたので大丈夫です』って言われたもん。私、新任の神官長だから、あんまりしつこくできなかったんだもんっ！」

つまり、リタは部下に舐められてたわけだ。

他の神官は貴族で、リタだけが拾われた人間。

リタがどんな目で見られてたかは、さっき聞いた話でもわかる。

でもって、『イトゥルナ教団』にとってはここに来るのは年中行事で、しかも人間至上主義の彼らはデミヒューマンを見下してるから、宿にも泊まらないし挨拶もしない。勝手に湖畔でキャンプして、でもいつもしてるから大丈夫――って思ったら、数十年ぶりに帰ってきた湖の主に襲われた、と。

おかしいな。

異世界の話なのに、下請けや現場のたたき上げの人間の忠告無視して大損してぶっ潰れたバイト先を思い出したぞ。現場の努力を上の人間が無駄にするって話は、あっちの世界ではよく聞くけど……はぁ。

……しょうがないなあ。

「わかった。じゃあ依頼を受ける。2万アルシャでどうだ？」

「2万でいいの？　100万くらいふっかけられるかと思ってた」

こいつは本気で僕を外道だと思ってるらしい。

「2万でいいよ！　村がギルドに依頼してる『湖の主退治』の報奨金が8万。追い払うだけなら4万。僕たちは神官たちを助けるだけだから、その半分で2万だ。それでいいだろ！」

「う、うんっ」

「…………本当にいいんだよな。払えるの？」

「ば、ばかにしてえええええっ」

ばかにしてるわけじゃないってば。

リタはそこそこ信用できそうだけど、他の神官がなぁ。

助けたあとで、色々言われそうな気がする。

「わかった！　わかりました！　正式に依頼します！」

背中を向けたまま、リタはうなずいた。

「『イトゥルナ教団』のキャラバンの代表として『契約』します。2万アルシャ払うから私たちを助けなさい！　払わなかったら、私をあんたの奴隷にでもなんでもすればいいじゃないっ！」

「いや、そこまでしなくても」

「メダリオンを出しなさい！　『契約（コントラクト）』！」

「あ、うん。『契約』」

僕の胸のクリスタルと、リタが掲げたクリスタルが白く輝いた。

クリスタルを打ち合わせるのが正式な『契約』だけど、略式ならこれでもいいらしい。

まぁいいや。冒険者としての初仕事だ。

仕事はシンプル。馬車の中にいる神官たちを救出して、僕とリタも逃げる。

てなわけで、

「セシル。僕が走り出したらもう一度『炎の矢（フレイムアロー）』で牽制。その後は『古代語詠唱』で『火球』の準備を。僕が合図したらぶっぱなしていい！」

「わかりました。気をつけてください、ナギさま」

セシルは拍子抜けするくらい、あっさりうなずいた。

迷いはまったくないみたいだった。

「ナギさまが死んだらわたしもしに――」

「行ってくる！　背中は任せたから」

最後まで聞かずに、僕は走り出した。

さて、魔物とのはじめての戦闘だ。僕のスキルでどこまでできるか。


「発動『能力再構築（スキル・ストラクチャー）』！」


走りながら、僕はスキルを起動する。

リスクはちゃんと計算したつもりだ。

ここにいるのはリタだけ。他の神官たちは馬車に頭を突っ込んで麻痺してる。

リタはセシル萌（も）えだから、彼女にお願いさせれば、秘密は守ってくれそうだ。

多少、変なスキルを見せても大丈夫だと思う。たぶん、だけど。

そして、僕の目的は馬車に詰まってる神官たちを助けることと、その隙を作ること。

魔物退治は僕の仕事じゃない。

だいたい、スキルLV15の冒険者でも倒せない奴を僕がなんとかできるなんて思ってない。

そりゃ一応、護身用に武器（ショートソード）は持ち歩いてるけど、僕に戦闘用のスキルはひとつしかない。

今回はそれを使う。倒すためじゃなくて、敵の動きを少しでも止めるために。

現在、僕が持ってるスキルで再構築できるのは――

『剣術ＬＶ２』『異世界会話ＬＶ５』『瞑想ＬＶ１』『治癒ＬＶ１』

これでどうやって『レヴィアタン』を止めるか、だ。

……そういえば元の世界でゲームを作ったとき、再生能力を持つ敵をどうやって『倒させるか』って考えてたっけ。

火力で圧倒するのは当たり前すぎるから、もっとトリッキーな方法はないかって。考えて考えて──実際に作って炎上したやつがあったはず。

やってみるか。

僕は『能力再構築』に『剣術ＬＶ２』と『治癒ＬＶ１』をセットする。

『剣術ＬＶ２』
（１）『剣や刀』で『与えるダメージ』を『増やす（10％＋『剣術』ＬＶ×10％）』スキル

『治癒ＬＶ１』
（２）『肉体』の『回復力』を『高める』スキル

やり直しはきかない。いいかな。たぶん、これでいい。

では、

「実行！『能力再構築』！」

「おそーいっ！　『契約（コントラクト）』したんだからちゃっちゃと仕事しなさいっ」

ふたたび、湖から押し寄せる触手。

その一つを、リタの拳（こぶし）がぶち抜いた。

破壊された触手が動きを止めて、再生に入る。

僕は、そいつの傷口をショートソードで斬った。

ぷしゃ、と、粘液が散る。よし、当たった。

レベルは下がったけど剣術入ってるから、動きが止まってれば攻撃は当たるのか。

「ちょっと！　私が倒したのを斬ってどうするの？」

「見てればわかる」

僕の想像通りなら。

ほら、
ぐにぐに、ぐにぐに、ぶしゃあ。

再生しようとしていた触手の傷口から、肉のかたまりが噴き出した。

元々のサイズよりもさらに大きく、先端部分だけが肥大化してる。

触手はそのまま僕たちを襲おうとして——止まる。動かない。

先端部分が重すぎて持ち上がらない。少し持ち上がって、落ちての繰り返し。

「あ、あんた一体なにしたの⁉」

「触手の再生能力を暴走させた」

話しながらリタが別の触手を蹴る。千切れた触手を、僕がまたショートソードで斬る。再生力が暴走した触手は、先端にボールをくっつけたような形になる。『レヴィアタン』は、自分で自分の触手に重りをつけてるようなものだ。

触手は次々に動けなくなっていく。

「なんとかなるもんだなぁ。同じシチュエーションでも、ゲームだと炎上したのに」

やっぱりゲームと現実は違うんだな……。

【攻略掲示板】
質問者　いくらやっても再生能力を持つ中ボスが倒せません。
回答者　中ボスに回復魔法をかけて再生能力を暴走させましょう。自壊します。この敵だけ回復魔法のカーソルを合わせられることにはお気づきだと思います。そして……（以下解説）
質問者　わかんないよそんなの。時間返して……

……うん、そんなこともあったね。

それはいいとして、今回『能力再構築』が作ったスキルはふたつ。

『贈与剣術ＬＶ１』（Ｒ）

（1）『剣や刀』で『回復力』を『増やす（10％＋『贈与剣術』ＬＶ×10％）』スキル
効果：剣や刀で斬った相手の回復能力を高める。相手本来の治癒能力にプラスされる。増加値は『贈与剣術』ＬＶ×10％＋10％（現在の増加値：20％）。

『無刀格闘ＬＶ１』（Ｒ）
（2）『肉体』の『与えるダメージ』を『高める』スキル
効果：素手の状態で相手に与えるダメージを上昇させる。

『治癒ＬＶ１』が『肉体』の『回復力』を『高める』だったから、真ん中の言葉を入れ替えただけだ。やっぱり、ひとりで作るとチートにはならないなぁ。

『贈与剣術ＬＶ１』は、僕が斬った相手の回復力を高める。

で、相手の回復力が１００％だった場合は、１２０％になる。

再生能力が暴走する。

『レヴィアタン』の再生能力が「即時回復１００％」なら、『贈与剣術ＬＶ１』はそれを「即時回復１２０％」に変えるってことだ。

『レヴィアタン』の触手に、余分な肉が20％つく……ってわけにはいかないだろうけど、変な具合に再生するのは間違いない。

例えば突然、人間の腕の重さが増えたらどうなる？

動きも、肩や肘にかかる負荷も全部変わる。

それに『レヴィアタン』の触手は、たぶん本能で動かしてる。再生能力の制御なんかできるとは思えない。

だから、こいつはなんで自分の触手が急に重くなったのかもわかってない。まともに動かせるはずがないんだ。

「詳しいことは秘密だけど、僕の剣は敵の再生能力を暴走させられる。ただし、レベルは低いから命中率は悪い」

僕はリタに説明した。

リタは嫌そうな顔しながら、

「つまり……あんたは私が破壊して動きを止めた触手を斬るしかないってこと?」

「そういうこと。依頼料値引きしてるんだから楯代わりよろしく」

「ひどっ！　やっぱりあんた外道じゃない！」

しょうがないだろ僕はチートキャラじゃないんだから。

金色の髪をひるがえし、リタは触手を3本まとめて蹴り飛ばす。

僕は動きの止まった触手に、ショートソードで傷をつけていく。さくっと。

以下繰り返し。

「って、調子に乗ってるんじゃないわよっ！　後ろっ！」

いきなり、リタが僕を突き飛ばした。

思わず振り返ると、僕の背後には『麻痺針』をむき出しにした触手。

「あんた素人なの⁉　まったく！」

僕をかばったリタの肩を『麻痺針』が浅く裂いた。

でも、リタは不敵に笑う。

「そんなもん効くかぁ！　『神聖加護』‼」

リタの全身が金色に輝いた。『麻痺針』が砕け、その隙にリタの蹴りが触手をぶった切る。

「……意外とすごいな、リタ」

「神官長ですからー！　小さいころから努力してますからー！」

『神聖加護』の効果は、毒・麻痺の無効化だもん、って、リタは胸を張る。

神官たちが全員麻痺してるのに一人だけぴんぴんしてるのは、そういうことか。

『イトゥルナ教団』は残念なやつばっかりだと思ってた。

リタは次々に触手をねじふせていく。まるで触手の軌道がわかってるみたいに。

時々、鼻を鳴らしてなにかをかぎ取ってる。

セシルの言うとおりだ。こいつ、結構すごいんだな。

とにかく、触手の動きはなんとか止められた。

あとは教団の連中を助けるだけだ。

でも……一人ひとり運ぶのは面倒だな。馬車が動かせるといいんだけど。

……うん。

「あのさ、リタ」

僕はリタに聞いてみた。

「馬車って、部屋みたいなものだと思わないか？」

「はぁ？」

足の突き出た馬車を指さした僕に、リタが呆れた声を出した。

完全に重量オーバーの馬車は、土の上に車輪を食い込ませ、それでも奇跡的に倒れずに立っている。

「なに言ってるのよ、馬車は馬車じゃない」

「でも外国では車――じゃなくて……えっと、ああいう乗り物の中で生活する人もいるって話だし、馬車も似たようなもんだし、壁もあるし屋根もドアもついてるし、部屋と言えないこともないんじゃないかと」

「……言えなくもないけど、だから？」

「部屋ってことは、建築物だよな？」

「かもしれないけど、だからなんなの⁉」

「うん、建築物ってことでいいよな」

僕は馬車に駆け寄り、拳を振り上げる。

フレームのあるあたり、一番頑丈そうなところを狙って――っ！


「『建築物強打ＬＶ１』（破壊特性無効）‼」


がらがらがらがらがらがらがら――――っ、ぽてん。

うん、やっぱり無理があった。

衝撃で40メートルほど進んだ馬車は途中で車軸が折れて、そのまま真横に倒れた。

まあいいか。これくらい離れれば大丈夫だろ。

「なんなの⁉　なんなのよこれはっ⁉」

「馬車を部屋ってことにして、建築物に大ダメージを与えるスキルで動かせないかな、って思ったんだけど……あれくらい動けばいいよな？」

「あんた、一体何者なの⁉　ただの外道じゃなかったの⁉」

「そもそも外道じゃないし——って、それはいいからさっさと逃げろ！」

僕とリタは走り出す。

『レヴィアタン』は自分の触手が邪魔して動けない。湖岸でじたばたしてるだけ。

馬車は充分、湖から離れた。

戦わずに逃げてもいいんだけど、セシルの魔法の威力も確認しておきたい。

『レヴィアタン』にダメージを与えれば、貴重なアイテムをドロップするかもしれないし。

「セシル！　撃っていいっ‼」

走りながら、僕は詠唱を続けるセシルに向かって叫んだ。

薄闇の向こうで、セシルが、こくん、とうなずいたのがわかった。

そして——

「『其(そ)は十六の方位に灼熱(しゃくねつ)を穿(うが)つ火山にも似て——火球(ファイアボール)‼』」

古代語魔法『火球』が炸裂(さくれつ)した。


湖が吹っ飛んだ。

今回使用したスキル

『贈与剣術ＬＶ１』

剣や刀で斬った相手の回復力を20％高める。

剣や刀で与えたダメージが減少するわけではなく、あくまでも斬った相手の回復力が増加するだけ。

レベルが上昇すると回復力増加のパーセンテージも跳ね上がるため、斬った相手の回復力を高めて、傷が治ったらまた斬って、と、拷問にも使うことができるという、凶悪なスキルでもある。

第10話「神官長は前向き。来訪者は後ろ向き」

まわりには水蒸気がたちこめてる。

湖が吹っ飛んだ、とはいっても、せいぜい3分の1くらいだと思う。

でもさっきまでの、クジラが暴れてるような音は聞こえなくなった。

僕とリタが触手と戦ってたあたりの土がえぐれて、そこに水が流れ込んでる。僕の頭の上から降ってるのは雨じゃなくて、飛ばされた湖の水だ。

『レヴィアタン』は……はい。影もかたちもありません。

消し飛んだのか、逃げたのか。まぁ、どっちでもいいや。

「あいっかわらずチートだな、古代語魔法」

奴隷がチートです。どうしたらいいでしょうか。

「……どうしようもないなぁ」

僕もリタも無事だった。

僕はセシルの主人、ということで、彼女の魔法からは守られてるらしい。どっちみち、走ったせいで安全距離は取れてたけど。同じようにリタも無事。

『イトゥルナ教団』の人たちも生きてるみたいだった。湖から離れてたのもあるけど、馬車も楯(たて)になってくれたらしい。馬車そのものは粉々になって、乗ってた人たちは麻痺(まひ)したまま、少し離れたところに転がってる。ほとんど気絶状態だ。

神官のひとりと目が合った。麻痺が残ってるのか、ぼーっと座り込んでる。とにかく命があってなにより。僕に助けられたって証言してくれるといいんだけど。

そして、よく見ると僕の足下には魚のウロコのようなものが落ちてた。

数は７枚。大きさは僕の手のひらくらい。真珠色をしてる。

スキルクリスタル──じゃないか。効果はわからないし。

『レヴィアタン』のドロップアイテムかな。拾っておこう。

「……ナギ……ひゃまぁ……」

「セシル？」

雨の向こうに、セシルがいた。

頭から湯気が出てるみたいに見えた。

服はずぶ濡れで、長い銀髪が身体に絡みついてる。目はいまにも眠ってしまいそうなくらいだし、なによりも顔が真っ赤だった。

「だ、大丈夫か⁉　なにがあった⁉　セシルっ！」

「らいじょぶ……ひょっと……まりょく……つかい、ひゅぎ……」

ぽてん。

と、倒れそうになる小さな身体を、慌てて抱き留める。

魔力の使い過ぎ……そっか。

魔族とはいっても、身体のちっちゃなセシルには、古代語魔法『火球』は魔力の消費が激しすぎたのか。

この威力だからなぁ。『古代語魔法』は『灯り（ライト）』か『炎の矢（フレイムアロー）』くらいが普通に使えるぎりぎりのラインかもしれない。

そのへんも、これから考えないと。

「お疲れさま。帰ろう、セシル」

「ちょっと待ちなさいっ！」

あ、めんどくさい奴が残ってた。

セシルを抱えたまま振り返ると、ローブをあちこち焦がした神官長リタが、僕をにらみ付けてた。

「お疲れさま、リタ神官長。これで僕の方の『契約』は完了ってことでいいんだよな？」

「……ええ、そっちの『契約』は完了よ。私たちをあの化け物から助けてくれたもの」

「じゃあ仕事が終わったので帰ります。さよなら」

「ねぇ、あなたたちは一体何者なの？」

「残業は嫌いなんです。定時で帰らせてください」

「ごまかさないで。再生力を暴走させるスキルなんか聞いたことないし、それに、さっきの魔法はなに？　これだけの魔法を使える女の子が、どうしてあんたの奴隷をやってるのよ!?」

「僕は東方から来たばっかりなんだ」

リタのことは、そこそこ信用してる。

セシルに優しかったし、スキルクリスタルをくれたし。

村についたあともちゃんと情報収集しようとしてた。やってることはまともなんだ。

でもまぁ、それはそれ。

「遠くの島国出身だから、そのせいで妙なスキルを持ってるだけだよ。で、僕のことはいいとして」

　突っ込まれる前に、話を変えることにした。ついでに手招きして、リタを神官たちから離れたところに連れて行く。あの状態で聞き耳立ててるとは思えないけど、あいつらには聞かせたくない話だし。

「……リタさ、教団辞めた方がいいんじゃないか？」

「なんで⁉　せっかく神官長になったのに！」

「教義に凝り固まって言うこと聞かない部下に囲まれてて楽しいの？」

　あいつらはリタのことも、村の人たちのことも見下していた。で、結局こうなった。迷惑を受けたのは、まともな感覚を持ってるリタだった。

　割に合わなすぎだろ。こんなの。

「今回は無傷で済んだけどさ、もっとひどいことが起こる前に教団を抜けた方がいいんじゃないか？　リタは別にデミヒューマンに差別意識があるわけじゃないし、まともな判断力も持ってるんだから」

「嫌よ！　教団辞めたら行くところないんだもん！」

「冒険者になるとか？　リタの戦闘能力なら欲しがる人はいるだろ？」

「……欲しがる、かな？　あんたはどう？」

「え？　あ、うん。前衛で戦ってくれる人は欲しいし」

「…………そ。ありがと」

少し赤くなったリタは、こほん、と咳払い。

「で、でもね。今更生き方なんか変えられない。怖いもん。私、小さい頃からずっと教団の仕事ばっかりやってたんだもん」

「うーん」

やっぱり忠告なんて柄じゃなかった。

でもなぁ。リタの職場って、僕の経験から見てかなりやばい部類なんだよなぁ。

なんとなく放っておけないのはそのせいなんだ。

「リタが神官長になったのってさ……」

「メテカルで信者を集めるためには綺麗な少女の方がいいから、そのための一時的な措置。人集めのための看板でお人形、でしょ？」

リタはなんでもないことみたいに言った。

なんだ、知ってたのか。

「それでも、私にとってチャンスなのは間違いないもの。信者をたくさん集めれば、メテカルの教団支部を治める司教様だって、私の功績は無視できないでしょ？　そうやって実績を作って上を目指すの。教団を内側から変えるためにね」

リタは離れたところで倒れてる神官たちを見て、苦笑いした。

「前に言ったでしょ？　私には獣人の友だちがいたって。その人たちに言いたいの。私は種族によって相手を差別したりしないって。それをわかってもらいたいの」

……やっぱりすごいな、こいつ。

組織を変えられる人間ってのは、リタみたいな奴なのかもしれない。

「そういえば、まだ助けてくれたことのお礼を言ってなかったわね。ありがとう」

リタは深々とお辞儀をした。

「あんた……えっと、ナギだっけ。ナギとセシルちゃんには命を救われました。このことはちゃんとメテカルの教団支部にも伝えます。報酬もちゃんと払うから安心してね」

「……ナ、ナギの奴隷になるのはまっぴらだもん」

『契約』したもんな」

少し赤くなって、リタは言った。

それから、僕が抱いてるセシルを見て。

「でも、セシルちゃんを大事にしてるのは間違いなさそうね。そこだけは評価してあげる。外道なんて言ってごめんなさい」

「うん。わかってくれるならいいや。じゃあ、僕たちは消えるから」

「え？」

「あと、僕のスキルとか、セシルの魔法については秘密にしといてくれると助かる」

「それはいいけど……でも、湖の化け物を追い払いました、って言えば、村から報酬くらいもらえるんじゃない？」

「んー、いいや。なんかギルドの連中から、仕事を横取りしたって恨みを買いそうだし。『レヴィアタン』は、僕たちが神官たちを助けたあと、通りかかった人の魔法に怯(おび)えて逃げた。湖がおかしなことになってるのは、あいつが暴れたから……ってことで、話を合わせてくれないかな。セシルのためにもさ」

僕とセシルの仕事は、あくまでも人命救助。

報酬は『レヴィアタン』の触手に襲われながら、命がけで馬車を避難させた分だけ、ってことになる。

「わかった。話を合わせてあげるわ。事情があるんでしょ？」

「ありがと。リタ」

念のため、僕たちの能力について黙っててくれるように、リタと『契約』しようと思ってたけど
……それは、いいかな。

リタは信じられるような気が……というか、僕が彼女を信じたいのかもしれない。

戦闘中は楯になってくれたし、麻痺針からかばってくれた。そうじゃなかったら、僕も今ごろ麻痺で動けなくなってる。

それにセシルはリタのこと、好きみたいだ。

そのリタを『契約』で黙らせたなんて、セシルにはちょっと言いにくいし。

「ナギ……あんた、変わってるわね」

「どこが？　普通だろ」

「計算高いように見えて意外とお人好し」

「僕たちはここに魔法の練習に来ただけですけど？」

リタたちが襲われてたのも、『レヴィアタン』がいたのもただの偶然ですよ？

「奴隷が倒れるのを見て真っ青になるくらい大事にしてる」

「暗いから顔が青く見えただけじゃないかな」

「救出依頼したとき、報酬ふっかけてくるかと思ったけど、そんなことちっともなかったでしょ」

「遠くから来たもんで、こっちのルールに慣れてなかったんだ」

「ふーん」

不意に、リタは僕に顔を近づけた。なんか鼻を鳴らして……って、僕のにおいを嗅いでる？　なんで？

「嫌なにおいはしない……かな？　よくわかんないや……不思議なにおい」

「え、えと？　なんだそれ？　においでなにかわかるのか？」

「……わ、わかるわけないじゃない……動物じゃないんだから……！」

僕は思わず身を退いて、リタも、ばっ、と顔を引っ込める。

びっくりした。というか、近すぎだろ。

『レヴィアタン』と素手でやりあったり、顔近づけてにおい嗅いだり、なんか……リタって、ときどき動物っぽいよな。野生の獣ってイメージだ。触手の攻撃も、気配察知して捌いてたし。

「と、とにかく！　わかったから。ナギたちの言う通りにしてあげるから！」

ごまかすみたいに咳払いしてから、リタは僕に向かって手を差し出した。

握手しよう、ってことらしい。

「ねぇナギ、いつか私が教皇になって教団を変えたら、私の部下にならない？」

「その時までに、僕が働かなくても生活できるようになってなかったら、考える」

「ほんっとに変わってるわね」

リタは笑った。

それから僕たちは握手をして、別れた。


宿に戻ったあとは、特にたいしたこともなかった。

変わったといえば、次の日の朝食に魚の塩焼きが出てきたことくらい。

『レヴィアタン』がいなくなったことで、村は大騒ぎになってた。ギルドの人たちは「依頼がひとつ消えた」ってことで怒ってたけど、次に来たときに魚料理を村のおごりでごちそうする、ってことで機嫌を直してた。

『イトゥルナ教団』は馬車が壊れ、神官たちが怪我(けが)をしたせいで、2日くらいはこの村に留(とど)まることになったらしい。

僕たちはそのまま宿を出て、城塞(じょうさい)都市メテカルに向かった。

ギルドの馬車の後ろをさりげなくついていったせいか、魔物に襲われることはなかった。無事にメテカルの宿に着いたのは、その日の夕方。

なんだかすごく働いた気がする。ギルドに登録するまで、1日……いや、2日くらい休んでもいいよな……よし、休もう。

ということで、1日目はごろごろして、2日目はメテカルの町を散策。

買い物のあと『イトゥルナ教団』の支部を訪ねて、僕たちが泊まってる宿の名前を伝えた。リタへの伝言だ。

まぁ、教団に色々説明するのに時間がかかるだろうし、報酬がもらえるまでには何日かかるかな
――と、思ってたら、その日の夜。

食事を終えて、冒険者ギルドに登録する準備をしてたら、ノックの音がした。

ドアを開けたらリタが立ってた。


「……教団、クビになっちゃった」

……………はい？

第11話「リタ神官長の華麗なる転職」

落ち着いて考えよう。

泣きそうな顔でドアの前に立ってるのは、『イトゥルナ教団』神官長のリタ。これは間違いない。

こないだと同じローブを着てるし、ふわふわの金髪も桜色の瞳(ひとみ)もそのままだ。

いや……ちょっと違うか?

首輪をつけてる。セシルと同じ、革の首輪だ。

ってことは、リタが奴隷になった、ってこと?

誰の?

「ナギの」

僕が首輪をガン見してることに気づいたのか、リタは言った。

「僕の?」

「そう」

「奴隷?」

「うん」

「誰が?」

「私が」

「どうして?」

「『契約』したじゃない」

「したけど。確かにしたけどさ」

　2万アルシャで教団の人たちを助けるって『契約』した。

　あの時リタはなんて言ったんだっけ？

「『イトゥルナ教団』のキャラバンの代表として『契約』します。2万アルシャ払うから私たちを助けなさい！　払わなかったら、私をあんたの奴隷にでもなんでもすればいいじゃないっ！」


「……払えばいいだろ」

「だからっ！　教団をクビになったって言ってるじゃないっ！」

「今までの給料とか貯金とかは？」

「給料が出るのは神官以上で、それより下は生活費と相殺なの！　私、3階級特進して神官長になったばっかりだから、まだ給料なんかもらってなかったんだってばっ‼」

　ずん、と、リタが部屋に入ってくる。

　そのまま後ろ手にドアを閉めて、僕を怒鳴るかと思ったら――泣き出した。

　唇をかみしめたまま、涙があとからあとから流れ出てくる。

「わ、私はちゃんと言ったんだもん。ナギとセシルちゃんが私たちを助けてくれたって。『レヴィアタン』と戦う私を助けて、馬車を安全なところに移動させてくれたって。命がけだったって、ちゃんと言ったんだもんっ！」

ばん、ばばん、と、リタはベッドを叩いた。

ほこりが立つし、セシルが驚くからやめてください。

「人命救助の報酬として2万アルシャ。教団の名誉にかけて払うべきだって言ったもん」

「そしたら、どうなった?」

「……えっと」

リタはセシルの方を横目でちらりと見てから、悲しそうな顔で、

「……魔物に襲われたのは、邪悪なダークエルフを馬車に乗せたからだって……女神の罰があたったんだって言われた」

「よし、教団を今すぐ滅ぼしに行こう」

チート解禁だ。今すぐ滅ぼそう。そうしよう。

ふざけんな。

それが助けてもらった奴らの言うことかよ。

「セシル、『古代語火球』の使用を許す。『イトゥルナ教団』の支部を吹っ飛ばそう」

「そんなことしないでくださいっ!」

セシルは慌てて、僕の手を掴んだ。

「わたしはなに言われたって気にしませんっ。ナギさまの目的は『力を隠して役立たずの振りをして世間を乗り切ろう』ですよね? そんな派手なことしてどうするんですか?」

「今回だけ。こっそり焼くだけだから」

「わたしが困ります。ナギさまの気持ちは嬉しいですし、惚れ直したのでやめてください」

「……ちぇ」

異世界のブラック企業に思い知らせてやろうと思ったのに。

元の世界でバイト代の不払いを食らったときだって、こんなに頭には来なかったんだ。

「で、リタはそれ言われたあと、どうしたんだ?」

「いやー、それがちょっと切れちゃって。つい、司教さまを外道呼ばわりしちゃった。えへへ」

そこ、照れるところじゃない。

「うっかり『神聖系のスキル』を封印されちゃった。ははは」

そこ、笑うところでもないから。

「いやー、私、自分じゃもうちょっと大人だと思ってたのよねー。でも、セシルちゃんにひどいこと言われて、同行してた神官たちからも『お前のせいだ! どう責任を取るつもりだ!?』って責め立てられて、気がついたら叫んじゃってたの……『この外道!』って。

そしたら司教さまに『そこまで言うなら、その冒険者に報酬を支払うことを考えてもよい。しかしお前は暴言の罰として封印を受けよ』って言われたの」

「リタは自分から『神聖力』の封印を受け入れたってこと?」

「なのよねー。で、司教さまと副司教と他の神官長たちがもう一度話し合った結果が」

「やっぱり払えない?」

「よくわかったわね」

「で、リタはまた、司教を外道呼ばわりした?」

「ううん。回し蹴り食らわしただけ」

そりゃクビになるだろ。

退職時にやっちゃいけないことベスト3に入るぞ、それ。

「大丈夫、当ててないもん。趣味の悪いお髭をかすめただけだもん。勝手に目を回した司教さまが悪いんだもん。あと、ちゃんと爪先洗って綺麗にしてきたもん！」

「それでも駄目だってば。それと最後のはどうでもいいから」

「あとは、教団のひとたちに取り押さえられて、教団支部の外に放り出されて『出て行け、クビだーっ！』で、おしまい」

重い空気を追い払おうとするみたいに、リタは、ぱん、ぱぱん、と手を打ち鳴らした。

「……私やっぱり、勘違いしてたの」

リタは長いため息をついた。

「わかっちゃった。自分は神官長なんか向いてなかったんだなぁ、って」

「教団の方に問題があるだろ、それ」

「ううん。司教さまに回し蹴りをしたとき、自分が教団の中ですっごい無理してたことに気づいたんだもん。教団の方に問題があったってうまくやってける奴はやってける。でも、私はそうじゃなかったってこと。遅かれ早かれこうなってたのよ、きっと」

リタは、うーん、と背伸びをして、さっぱりした顔で言った。

「今気づいてよかったのかも。10年後とか20年後に気づいてたら取り返しがつかなかった。もっと絶望してたもん、きっと。人生がたがたになるくらいにね。これでよかったのよ」

そっか。

まぁ、やっちゃったもんはしょうがないし、本人が納得してるならそれで。

……あれ？　なんで僕の前にひざまずいてるんだ？

僕の手を大切そうに捧げ持って、唇で触れて——って、なにしてんの？

「『契約』の名のもとにナギを我が主と認め、この身と心、魂を捧げ、奴隷としてお仕えすることを、ここに誓います。願わくば来世でもこの縁が途切れませぬように」

「……リタ？」

「この首輪が見えない？」

「見えるけど？」

「これが『契約』が発動した証。教団をクビになった時点で、ナギに約束した報酬を支払えなくなったから、私はもうひとつの約束『払えなかったら奴隷にでもなんでもなる』を果たさなきゃいけなくなったの。この首輪が、その証。『契約』の結果よ」

そう言って、リタは僕の左手の指輪に触れた。

セシルと契約したときにできた赤い水晶玉の隣に、同じサイズの、桜色の水晶玉ができてる。

——って、いつの間に!?

「ほらね、ナギにもしっかり『契約』の証が生まれてる……」

リタは立ち上がり、なぜかほっぺたを赤くして、ちらり、と僕を見た。

「覚悟は決めてきたわよ。さぁご主人さま！　どんとこーいっ！」

僕より少しだけ背が低いリタ。

金色のふわふわ髪を指に絡めながら、真っ赤になってうつむいてる。

緊張してるのか、肩が震えてる。細い首に巻き付いた首輪の金具が、ちりん、と鳴ってる。

ローブの下で、弾力のありそうな胸が揺れてる。

素手で『レヴィアタン』とやりあってたリタは、格闘系のスキル持ち。鍛えてるせいか、身体(からだ)は引き締まって、でも、出てるところはしっかり出てる。思わず視線を奪われて、自分が彼女の胸のあたりから腰のあたりまでじっくり見てることに気づいて、あわてて僕は目を逸(そ)らす。

「ど、どんとこーい、じゃねぇ！　勝手に覚悟決められたって困る！」

「私だって悩んだわよ。すっごく考えたわよ！」

「僕の奴隷になるなんてまっぴらって言ってただろ！」

「口に出して言っちゃったから『本当にそうかなー』って、具体的にイメージしちゃったんじゃない！　ナギやセシルちゃんと一緒にいるところとか、あんなことやこんなこと。そしたら……」

「そしたら？」

「……ナギが相手なら嫌じゃなかったんだからしょうがないじゃない……どうしてくれるのよ⁉︎　こんな気持ちになったのはじめてなんだから！　責任取れご主人様っ！」

「そんな上から目線の奴隷がいるか！」

「教団のことしか知らなかった私に、外からの視点を教えてくれたのはナギでしょ。助けてくれたし、忠告までしてくれた。こうやって話だって聞いてくれてる。それに……あんたが奴隷を大切にしてくれるってことは、セシルちゃんを見ればわかるもん！　だからいいんだもん！」

「……いいって言われても」

「それに、他に行くところないし！」

「そっちが本音かよ！」

「ナギはこれから冒険者をやるんでしょ？　私、神聖系のスキルは封じられてるとはいえ、格闘系のスキルは健在よ。セシルちゃんが後衛、私が前衛で戦えばバランスはいいと思うけど？」

言われて思わず言葉に詰まった。

僕の目的は『なるべく全力を出さずになんとか生き延びること』だ。

別に魔王を倒したいわけじゃないし、冒険者のギルドのトップに立ちたいわけでもない。

安全な採取系のクエストをやって、その間にスキルを集めて、働かなくても生きていけるスキルを作り出すこと、それが僕の最終目標。

でも、それはそれとしてこの世界、どうしても戦闘能力は必要だ。

セシルの『古代語詠唱』は問答無用のチートスキルだけど、その分、詠唱速度を犠牲にしてる。

魔法が発動するまでの時間を稼いでくれる人が必要なんだ。

それはギルドで誰かとパーティを組めば済むことだけど、そしたら今度は仲間から「お前たちのレアスキルはどうやって手に入れたんだー？」って探られることになるかもしれない。話がわかって、信じられる仲間――そういう人が簡単に見つかるとは思えない。

その点、リタならぴったりだ。

少なくとも奴隷『契約』してる。リタは僕の命令には逆らえない。

戦闘能力はこの間見せてもらった。セシルもリタになついてる。

僕が異世界から来た「来訪者」だって告白しても、気にしなそうだし。

綺麗だし。

僕は大きい胸にも興味がないわけじゃな――って、それはいいとして！

これ以上ないっていうくらいの条件なんだけど、あーなんだろ。

この「やってしまった」感。

「わたし、リタさんのこと、好きですよ？」

「セシルちゃああああああああんっ！　大好き」

「でも、決めるのはナギさまです」

びしり。

セシルは思わず抱きつこうとしたリタを、すっぱりと斬って捨てる。

このあたりは『契約』の問題だから容赦ないのか……。

「……僕がどうしても嫌だって言ったら？」

「その時は……ナギが私を誰かに譲り渡すってことになるわね。もう主従契約は成立してるんだから」

「……はぁ」

僕は頭をかいた。

考えてみれば、もう『契約』は成立してるわけで、その拘束力は僕にも働いてる。

僕はリタを受け入れるか、別の人に売り渡すかの二者択一。

そのどっちを選ぶかっていえば、答えなんか決まってる。

でも、なんか引っかかるんだよなぁ。

あれだけ教団にこだわってたリタにしては、あっさりしすぎというか。

「あのさ、リタ。なにか隠してな――」

「失礼します。耳寄りなお話をお持ちしました」

ノックもなしに、部屋のドアが開いた。

入ってきたのは、宝石をあしらった神官服を着た男の人。

「『イトゥルナ教団』副司教のアルギスと申します。『契約』の話をしに参りました。そこにいる少女リタ＝メルフェウスを、私に買い取らせていただきたい」

第12話「来訪者、奴隷について語る」

「あなたは彼女を2万アルシャで買い取ったそうですね。でしたら私はその10倍、20万アルシャをお支払いしましょう。もちろん即金で。あなたが冒険者なら、今後1年間、教団から回復魔法のエキスパートをパーティメンバーとして無料で貸し出しましょう。これは無償のオプションです。あとは……」

「ちょっと待て。勝手に話を進めるな。あんた何者だ？」

「申し上げたでしょう？　『イトゥルナ教団』副司教のアルギスです。そこにいるリタ＝メルフェウスの直属の上司ですよ」

男は僕に向かって、うやうやしく一礼した。

部屋にいるセシルとリタには目もくれない。

あくまで、主人たる僕としか話はしない、ってことらしい。

「リタは教団をクビになったんだろ？」

「はい。ですが、司教さまを蹴るなどという不祥事を起こして辞めた者は奴隷にして売るべき、という私の意見を、上層部が受け入れてくださったのです」

さらり、と、当たり前のことのように、目の前の男は言った。

青い目を細めて、慈悲深い、って言ってもいいような、優しい顔で。

「どこのブラック企業だよ……」

「おっしゃる意味がよくわかりませんが」

「悪趣味だって話だ」

「ところが、リタはすでにあなたとの主従『契約』が成立してしまっている。所有者が存在する奴隷を、我々が勝手に売買することは不可能です。『契約』は神が定めたもの。わが教団でも無視することはできない」

アルギスと名乗った男は、軽く舌打ちをした。

「彼女は教団を解雇されるまで、あなたと奴隷の契約までしたことを言わなかったのですよ。言っていれば、2万アルシャくらい私がなんとかしたものを。そうすれば話は早かったのに」

「それで僕のところに来たのか……リタを買い取ってどうする？」

「当然、私の奴隷にします」

副司教がやっと、リタを見た。

「彼女は若くて美しい。髪は金色の糸のようだし、瞳は宝石のようだ。白い肌は見ているだけでその手触りが想像できるでしょう？　たわわに実ったふたつの果実に触れてみたいと思わない人間がいるでしょうか？　いや、いない！　その彼女を、どこの誰とも知らない冒険者の手に渡してなるものか！」

ぎらぎらした視線と、声。

うわー、こいつ変態だ。

「というわけで、彼女を私に譲っていただきたいわけです。教団の秩序を守るために」

「やだっ！」

リタが心底嫌そうに身を震わせた。

「やだ！　あんたなんか絶対にやだ！　なんなの⁉　私はもう教団クビになったんだから関係ないじゃない！」

「それは手続き上だけのこと。気持ちの上では彼女はまだ、私の部下なのです」

「意味わかんないよ！　やだよ！　私、ナギがいい！　ナギがいいんだもんっ‼」

リタが僕の背中にしがみついてくる。

僕もリタと同じだ。意味がわからない。

副司教（こいつ）はなに言ってんだ？

まるでリタを上から下まで舐（な）め回すような視線が気持ち悪い。

なんなんだ、こいつ。

うちにまで押しかけてきて、わけわかんないこと言って。

こっちはもう仕事を辞めたのに。

いつまでも職場の上下関係を引きずって。

上司だったからって、自分が人間として上だとか、外の人間にも命令できるとか――勘違いしてるんじゃないのか？　気持ち悪い……。

おかしいな。なんだろ、この気分。くらくらする。吐き気がする。

頭の中が煮えたぎってるみたいだ。

「……200億アルシャだ」

僕は思わず、口走ってた。

「なるほど、こちらが提示した額の10倍をふっかけるとは、さすが金目当ての冒険者。では交渉しましょう。そちらの提示額が２００億ならこちらは…………ん？　億？　２００万ではなく⁉　億⁉」

「ああ、２００億アルシャだ」

「はあああああっ⁉　２００億だと⁉」

副司教が絶叫する。

無視して、僕は続ける。

「僕はリタに、それだけの価値を認めてる」

「ふざけないでいただきたい！　２００億アルシャの奴隷がどこにいる⁉」

「あんたが知らないだけだ。彼女は『チートキャラ』なんだよ」

「『チートキャラ』⁉　なんだそれは？　あなたは一体なにを言っている⁉」

「リタは変わる。あんたには想像もつかない存在になる。次に会ったとき、あんたは彼女に触れることもできないだろう」

「『神聖力』を封じられた彼女が⁉　言っておくが、彼女の神聖力封印を解除できるのは私だけだ！」

「……さあ、それはどうかな？」

思いっきり不敵に笑ってやる。

なんとなく、わかった。

僕は怒ってる。

でもって、副司教(こいつ)みたいな奴が、だいっきらいなんだ。

「お帰りはあちらですよ？　お客さま」

セシルが隣に来て、僕の真似(まね)して笑ってみせる。

「ナギさまがリタさんを受け入れた以上、わたしにはリタさんを守る義務があります。これ以上うだうだ言うなら、１２００億アルシャの『ちぃときゃら』であるわたしの必殺魔法が飛びますよ？」

「邪悪なダークエルフが！」

「そうですよ？　わたし、ナギさまの敵は問答無用で滅ぼしちゃうくらい邪悪です」

セシルのひと睨(にら)みで、副司教がたじろぐ。

というか勝手にまた金額を増やすな、セシル。

苦笑いしながら僕は副司教に背を向けて、リタの手を握った。

彼女の細い肩を押して、さっきみたいにひざまずかせる。

そのまま首輪に手で触れて、副司教に聞こえるように宣言する。

「リタよ、汝(なんじ)に問う。我は汝に２００億アルシャの価値があると認める。その姿、その心、その魂のすべてに。汝がそれを受け入れるならば、リタの生は我が生に縛り付けられることとなろう。解放はより遠く。されど、二人の魂は長き時を寄り添って進むこととなる。汝はそれを望むか、否か？」

僕の言葉に、リタが、はっとしたような顔になる。

ぱちぱち、と、僕は目配せする。

リタは少し赤くなってうなずく。わかってくれたらしい。

「……受け入れます。ご主人様。私をあなたの魂に寄り添う者としてください」

「こんな奴に聞かせることはない。僕にだけ聞こえるように言ってくれ、リタ」

「はい……ご主人様………」

リタは僕に顔を近づける。かすかな、本当に小さな声でささやく。

『契約(コントラクト)』」

「やめろ！　そんな契約を交わしたら、お前は一生そいつから離れられなくなるぞ！」

アルギス副司教が叫ぶ。ちょうどいいタイミングだ。

奴の声にかぶせるようにして、僕は口だけを動かす。

「────」

僕は言わない。僕のメダリオンは、リタが掲げたメダリオンの脇をすり抜け、彼女の首輪の金具にあたって、かちん、と音を鳴らす。

リタを200億アルシャの奴隷にする『契約』は成立してない。

だけどメダリオンが光ったかどうか、僕が邪魔になって副司教には見えなかったはずだ。

副司教を勘違いさせればそれでいい。

あいつはリタを取られて動揺してるし、見間違えてる可能性は高い。あいつに「リタは絶対に自分のものにならない」って思わせれば、それでいいんだ。

だってほら、リタに200億アルシャ分働けとか言えないだろ。

それじゃブラック通り越して鬼畜(きちく)だし。

普通の奴隷契約だって、僕には重すぎるんだから。

「汝の想(おも)いを受け入れる。リタよ、神の名のもとに、汝の生命・心・魂すべてを、我に寄り添うものとする。願わくば、来世でもこの縁が続くことを」

僕は念のためメダリオンを服の下に戻してから、言葉を続けた。

なんとか、つっかえずに言えた。

「私をもらっていただき、ありがとうございます。ご主人様(マスター)」

「認めない！　私は認めないぞ！」

「あんたが認めるとか認めないとか関係ない。『契約』はもう完了したんだ。あんたの入り込む余地はないよ。副司教」

「私はずっと彼女を狙っていたのだ！　その金色の髪。宝石のような瞳――」

「あんたの描写は貧弱すぎる！」

僕はびし、と、副司教を指さした。

さっきからあほらしいって思ってた。

金色の糸のような髪とか、宝石のような瞳とか……本人の目の前で言うセリフにしちゃ、チープすぎるだろ。

しかも同じこと、何度も。

いまどきゲームのキャラ紹介だって、もうちょっとひねってるぞ。

「奴隷を描写するんだったら、せめてこれくらいは言ってみろ！」

ゲームを作ってたときのことを思い出せ。キャラの説明文をイメージしろ。

リタを語る言葉を、頭の中から引きずり出せ――

「――髪は陽の光を映し、瞳は春に散る花びらのよう。野生の獣のような生命力に満ちた身体は一撃で魔物を打ち倒し、それでいて触れたら壊れそうなほど美しい。

ちっちゃいセシルを受け止めてくれる包容力があって、分け隔てない心は穏やかな海のよう。でも、押し寄せる波みたいな激しさも兼ね備えてる。

戦いでは仲間のために一歩も退かず、身を捨てることも辞さない。気が強い口が悪いだけどそこがいい。背中を預けられる安心感は、まるで長年連れ添った幼なじみのよう。格闘神官系美少女のニュースタンダード。

学園ものだったら生徒会長か主人公の幼なじみ。ファンタジーなら重要なサポート役。やがてチートに覚醒し、共にこの世界の深淵へと踏み込む。

この世の根源で舞い踊る美しき獣。それがリタ＝メルフェウス、と！」

「……なんだ⁉　なんだそれは⁉　なにを言っている？　リタ……どうして頬を染めているのだ⁉」

「黙れ副司教！　どっちみち僕とリタの『契約』は完了してる。お前の言葉に意味はないし、僕たちの間に入り込む余地もない！　その口を閉じて、さっさと消えろ！」

ばん、と、壁を叩く。

勝負なんかとっくについてる。

『契約』がこの世界のルールなんだから、僕がそれを解除しなければ、リタはこいつのものにはならない。こいつはただ、僕をただの冒険者だと思って舐めてかかってただけだ。

ぽっと出の冒険者なんか、金を払えば言うことを聞くと、見下してた。

こっちが噛みついてくるなんて想像もしてなかったんだろう。

副司教は慌てて踵を返し、部屋を飛び出していった。

最後に、

「この私を敵に回してただで済むと――」

って、捨て台詞は忘れなかった。

もっとも、逃げ足が速すぎて最後まで聞こえなかったけど。


「…………やっちゃった」

僕は頭を抱えた。

王様の時はぎりぎり自分を抑えてたのに……副司教相手には完全に暴走してた。

どうして組織の偉い人相手だとこうなるんだよ⁉　病気？　病気なのか⁉

……もうちょっとうまいやり方があったかもしれないのに……。

どうしよう。逃げる？　また別の町に移動する？

……それだと無限ループになるし。

まぁ、やっちゃったものはしょうがないか。

あの副司教は、王様とは違う。

あいつは地方都市のやや偉い人レベルで、教団の総意を代表してるわけでもない。一人でここに来たってのは、そういうことだろう。

それに、僕たちはあいつにチートスキルは見せてない。

あいつがなにかしてきたとしても、並大抵の相手なら、セシルとリタで対応できる。

倒せなくても、みんなで逃げるくらいなら、なんとかなる。

とにかく、今後の目的を決めよう。

次の町に移動するための旅費と、そのあとしばらく暮らしていけるだけのお金を、このメテカルで稼ぐ。そしてお金ができ次第、すみやかに移動。

これでいこう。

……よし、方針は決まった。頭抱えててもしょうがない。

僕はセシルとリタのご主人様なんだから、ふたりを不安にさせないようにしないと。

「時間食っちゃった。そろそろ明日(あした)ギルドに行く準備を——って、あれ？」

気を取り直して、僕は言った。

部屋の空気が、変な感じになってた。

セシルは、何故(なぜ)かほっぺたを膨らませ、腰に手を当てて僕を睨んでた。

「ナギ……ご、ごしゅじんさま……いま、わたしのこと……ほめた……の？」

そしてリタは、熱を出したみたいに全身真っ赤になって、僕を指さしながらぷるぷる震えてた。

「…………なんかいっぱい言われた……あれ？　なんで？　ゆってることよくわかんなかったのに……あれ？　あれれ？　……なんだろ…………すごくうれしい……かお、あつい……」

「え？」

「ごめんちょっと待ってこっち見ないで！」

がばっ、と、リタは僕に背中を向けてうずくまる。

両手で顔を押さえて震えてる。

「おさまれおさまれどきどきおさまれとまれしんぞう」

「いや、心臓止まったら死ぬし」

「……うー、なんなのこのご主人様。とぼけた顔して、なんでこんなときめくこと言うのよぅ。ずるいよぅ」

……そんなすごいこと言った覚えはないんだけど。

「ナギさまナギさま」

「なんだよセシル」

「……お願いしてもいいですか？」

「なにを？」

「わたしも……欲しいです。ナギさまのお言葉……」

赤い瞳を輝かせて、僕を見上げてるセシル。

「あ、うん。えっと」

ちっちゃなセシル。銀色の髪を指に絡めて、服の裾を握りしめてる。

聞かれたから反射的に考えてみる。

セシルのキャラ紹介をするとなると……

「従順な小妖精。褐色の肌は大地の精霊の祝福を受けたかのようで、銀色の髪は地表を流れる川のよう。行き着く先は将来性という名の豊潤の海で、やわらかさを備えたすらりとした身体が、その未来を僕に教えてくれる。

細くて折れそうな身体は、うっかり手を出したら通報されそうな禁忌の美しさ。まっすぐすぎる魂は、子犬系少女とヤンデレ少女の間を揺れ動くガラス細工。もろさと強さを兼ね備え、この世界を知らない僕を支えてくれた。

いつの間にか側にいてくれることが当たり前になってた。側にいないと淋しい。いないとなにもできなくなりそうで怖くなる。僕が出会った最初の少女。

ファンタジーで言えばやっぱり主人公を導く妖精か精霊。ギャルゲーなら主人公の妹。実妹でも肉親という障壁を指一本で打ち倒す究極の妹の才能を持つ。

それがセシル＝ファロット。褐色の小魔女」

「────────っ!!??」

がばっ、と、セシルも僕に背を向けてうずくまる。

宿屋の隅でふるふる震えてる少女ふたり。

あー、なんか、今通報されたら奴隷虐待の罪で逮捕されそうな気がしてきた。

いや、今言ったのはあくまでゲームキャラの紹介文を書くとしたら、というイメージだよ？

さっきの副司教との描写勝負の続きみたいなもんだよね？

もちろん、セシルやリタのことまったくそんなふうに思ってないってわけじゃないけど、別にそんなすごいこと言ってないぞ？

「……ごめんね、ナギ」

「リタ？　ごめんねって、なにが？」

「せっかく褒めてくれたのに、私、神聖力を封じられちゃってる」

そうだった。

僕はリタのスキルリストを呼び出す。

主従契約が成立してるからか、僕とリタの間にウィンドウが表示される。

リタが持ってるスキルは６個。

固有スキル『格闘適性ＬＶ４』

通常スキル『神聖格闘ＬＶ４（封印中）』『神聖加護ＬＶ４（封印中）』『歌唱ＬＶ５』『気配察知ＬＶ４』

ロックスキル『神聖力封印ＬＶ９』

「ロックスキル……？」

「聞いたことがあります、ナギさま。自分では外すことができないスキルです」

セシルが説明してくれる。

「凶暴な奴隷を大人しくさせたり、罪人の魔力を封印したりするのに使われます」

「スキルって、本人の同意がなければインストールできないんじゃないのか？」

「集団での儀式かなにかで、無理矢理詰め込んでるって聞いたことがあります。本当に特殊な儀式なので、わたしも良く知らないんですけど……」

「私は『ナギたちにお金を払うことを考えてやる』って条件で自主的に受け入れたの」

リタが涙目でつぶやいた。

「あ、でも、気配察知と歌唱スキルは影響受けてないからね？　ダンジョンでの戦闘は得意よ。お金が足りなくなったら歌って稼ぐから、任せて！」

どっから見ても空元気だった。

『神聖力』は回復魔法や補助魔法の源だ。

リタはどっちかというと補助魔法を得意としてる。

例えば『神聖格闘』なら、相手に与えるダメージにボーナスがつくし、『神聖加護』は毒や麻痺（まひ）への耐性が得られる。それが封印されてる今、リタの能力はかなり落ちてるってことだ。

「セシル、ロックスキルを解く方法は？」

「儀式を行った本人なら解けるはずです。そのほかの方法は、聞いたことないです」

外せない、動かせない、取り出せないスキル。

あれ？

「確認するけど、リタ。ロックスキルはリタから取り出せないんだよな？」

「……そうよ」

「取り出せないだけ、なんだよな？」

僕の言葉に、リタがうなずく。

もっとすごいものかと思ってた。なんだ、動かせないだけか。

だったら簡単じゃないか。

「リタは神聖力を取り戻したいんだよな？」

「そ、そんなの当たり前じゃない」

「そのためなら、多少のことは我慢する？」

「多少どころかなんでも我慢するわよ！　小さい頃から修行して、やっとここまでにした神聖力なんだもん！」

「わかった。じゃあなんとかする」

システムは理解した。

この世界のスキルシステムは単純だ。少なくとも、僕が作って炎上したＲＰＧよりは。

だから、そこにつけ込む余地がある。

「リタ、ちょっとそこに寝てみて」

「え⁉　あ……はい。…………うん……わかった……」

リタは恥ずかしそうに胸を押さえてから、覚悟を決めたようにベッドに横になった。

金色の髪が、ふわり、とシーツの上に広がる。

震えてる。緊張してるのが、わかる。

「僕の固有スキルは『能力再構築（スキル・ストラクチャー）』だ」

「……『能力再構築』？」

「スキルに干渉することができるスキル。セシルをチートキャラにしたスキルだ。これでリタのロックスキルを書き換える」

「セシルちゃんにも、したこと?」

リタがセシルを見た。

セシルはリタを安心させるように、優しく微笑(ほほえ)みながら、うなずいた。

「………いいよ」

リタはすうぅ、と深呼吸をしてから、笑った。

「セシルちゃんにしたことを、私にも、して。私がナギのものだって、他の誰のものでもないってわかるようにしてください。ご主人様(マスター)」

第13話「ふたりめのチート嫁。そして、」

僕はできるだけ力を入れないように、リタの胸に手を当てた。

ふわり、と、包み込むような感触。

うわ、やわらかい。

指が飲み込まれそうになる。

熱が伝わってくる。どくん、どくん、って、速すぎる鼓動と一緒に。

リタは照れたみたいに横を向いて、荒い息をついている。

「……ナギのにおいがする」

リタがこっちを見た。僕の背中に腕を回して、首筋に顔を押しつけてくる。子犬みたいに鼻をくんくんさせて、小さく「えんりょしないで、いいよ」ってつぶやく。

背中が、ぴりぴりした。

セシルを書き換えたときのことを僕の身体(からだ)が覚えてて、準備万端整えてる。そんな気分になる。

「発動──『能力再構築(スキル・ストラクチャー)』」

僕はウィンドウを呼び出す。

イメージする。

リタの『神聖力封印ＬＶ９』がウィンドウに表示されるように……。

「──あ、あぅ！」

リタの身体が一瞬、弓なりになる。

自分の反応にびっくりしたみたいに、リタが目を見開いて、口を押さえた。

スキルを表示させようとしただけだ。まだ、動かしたわけじゃない。

それでも、リタには充分負担だったみたいだ。

「だい、じょぶ」

はふ、ぁ、と息を吐き出してから、リタは僕の手に、自分の手のひらを重ねた。

「これくらいなんでもない。ナギの役に立てないことのほうが、もっとやだ」

「了解。ありがと、リタ」

僕はスキルの再構築に集中しよう。

概念化する。

リタの深いところに、僕の魔力を送り込む。

『神聖力封印ＬＶ９』の中身をのぞき込むイメージで……

「……んっ。あ。ふぁ……ぁ」

リタが真っ赤な顔で身をよじる。

…………よし、見えた。

リタのスキルが『能力再構築』のウィンドウに表示された。

——これがロックスキルの効果か。

『神聖力封印ＬＶ９』

（1）『所有者』の『神聖力』を『封じる』スキル（ロック：摘出不能特性）
文字通りの能力だった。

所有者の神聖力を封じるスキルで、ロック特性つき。

『ロック』で『摘出不能』——つまり、取り出すことはできない。

しかも、見るとかすかに震えてる。

稼働してるのがわかる。こいつは今も、リアルタイムでリタの神聖力を封じてるんだ。

常時発動型のスキル……つまりリタが意識しててもしてなくても、こいつは常に『所有者の神聖力を封じてる』ってことか。

えげつないスキルだな、こいつ。

こんなのは、さっさと解体して作り替えてやる。

僕は自分の中にあるスキルを呼び出す。

リタにもらった『瞑想ＬＶ１』だ。


『瞑想ＬＶ１』
（2）『沈黙』で『五感』に『気づく』スキル

要するに、座禅を組む時に使うスキルってことか。

ちょうどいい。こいつを利用しよう。

「いくよ。リタ」

「……うん。いいよ……ナギ」

僕は『神聖力封印ＬＶ９』の文字に手をかけた。

「……ん、んぁっ！」

熱い。

リタが唇をかみしめてる。

自分の深いところをいじられる感触を、こらえてるみたいに。

『神聖力封印ＬＶ９』は、他のスキルとは違う。

常時発動型だからか。

リタの一部として常に稼働している状態だから、反応が強いのかもしれない。

指先で触れるたびに、リタが切なそうな息を吐き出してる。

「……ぁ……や……っ」

僕の魔力が、リタのスキルへと流れ込んでいく。

リタの『神聖力封印ＬＶ９』に絡みつき、概念を解きほぐそうとしてる。

胸の上で重ねられてるリタの指が、僕の手のひらに食い込む。

長引けば長引くほど、リタに負担がかかるのはわかってる。

さっさと終わらせよう。

ロック特性には手を触れない。

スキルそのものは動かさない。

外箱はそのまま、中身だけを素早く入れ替えるイメージだ。

僕は『神聖力封印ＬＶ９』の中にある『封じる』の文字を軽く揺らす。

「………や、やだ。なんなの。これ、やだぁ」

リタの声が変わる。ふわぁ――っていう、温かすぎるため息。

よし……『封じる』は動かせる。

確認してから、今度は『瞑想ＬＶ１』の文字に手を当てる。

そのまま『神聖力封印ＬＶ９』の文字の隣に滑らせる。

文字と文字が、触れて、揺れる。

「………あ、うぁ、あ。ちょ、ちょっと、これ、なんか違う。へん。へんだよ。思ってたのと違うよ――ナギの魔力が……入ってくる……さわさわ……待って。ちょっと待――」

待たない。

僕はロックスキルの文字に、『瞑想ＬＶ１』の文字を押しつけた。

「――――っ!?」

リタが真っ白な喉（のど）を反らす。甘い声。僕の頬に鼻をこすりつけてる。子犬みたいに。

「……わぅ！　あ……。や――あっ」

文字が揺れる。大丈夫だ。動くことはわかってる。

『能力再構築』のスキルが教えてくれる。これは書き換えられるって。

動かせないように思えるけど、ちゃんと受け入れてくれるって。

もう一度。

「――――ぁ！」

もう一度。

「わぅ――だ、だめ。ナギ――許さないから。私にこんなことして、許さな――」

言葉とは裏腹にリタの手は、しっかりと僕の手を押さえてる。

僕の指は深く、深く、リタの大きな胸に埋もれていく。

リタの胸。熱くて、震えてる。僕を受け止めてくれてる。

このままどんどん沈んでいきそうで、怖くなる。

僕とリタの魔力が絡み合い、熱を生み出してるのがわかる。

僕たちは『能力再構築』っていう名前のケーブルで繋（つな）がってる、パソコンかスマホみたいなものなのかもしれない。

流れているのは電気信号じゃなくて、魔力。

やりとりしてるのは『スキル』という巨大なデータ。

身体が熱いのは、データが膨大すぎて負荷がかかってるから。『能力再構築』の持ち主である僕は、多少守られてるみたいだけど、リタの手は僕よりもっと熱い。

大丈夫かな……リタ。

「……やだぁ。こんな顔じっくり見るなぁ……はずかしいよぅ……」

うつろな目をしたリタは、そう言って横を向いた。

リタの身体はどこも汗びっしょりで、肌はピンク色に染まってる。神官服は脱げかけて、胸のあたりまでずり落ちてる。直そうとするけど、僕の指が触れただけでリタの身体は、びくん、と跳ねて、服がますますはだけていく。

リタは桜色の目に涙をためてる。荒い息をつきながら膝を、ぎゅ、って閉じてる。彼女の心臓の鼓動が手のひらを通してはっきりとわかる。それはとても速くて、激しくて、僕はリタがどうにかなっちゃうんじゃないかって怖くなる。

「……あ、ぅ。ナギ……ナギぃ……」

やっぱり……早く終わらせないと。

次で決めよう。

僕は『瞑想LV1』の文字を掴み──押し込む。

「ん──────っ！」

背中に回したリタの手が、僕を抱きしめる。

まだだ。まだ入りきってない。もうちょっと、奥まで──

「──ああっ。だ、だから、そういうことしたら……許さないって──」

リタが涙目で首を振る。

でも、言葉とは裏腹に、リタのスキルは文字を飲み込んでいく。

「──うそ。うそです──ご主人様……ごめんなさい──やだ、こんなの。──わかる──わかっちゃう。ナギが私の中に──はいって──」

かちん、と、音がした。

「あうっ！　は……あ、あ……ん！」

リタの身体が一瞬、硬直した。

ロックスキル『神聖力封印LV9』は『瞑想LV1』の文字を飲み込んだ。

続いて『瞑想LV1』に『神聖力封印LV9』の文字をはめ込んでいく。

自分の心臓がすごい勢いで鳴ってるのがわかる。

リタだってそうだ。魔力でひとつになってる僕たちは、同じ鼓動を感じてる。

僕の魔力がリタに流れ込み、また、僕の中に戻ってくる。

文字に触れるたび、それは再びリタの中へと入っていく。繰り返しの循環。

リタは震えながら、膝をこすり合わせてる。僕の魔力が彼女の身体の中を駆け巡ってるのが、なんとなくだけど、わかる。

「だめ。やだ。おさえられない……」

リタの爪が、僕の手のひらを引っ掻(か)いた。

「だめ、だめぇ！　これ以上おさえてられない。みられちゃう……ナギにぜんぶみられちゃう……やだ…………あっ」

「実行！　『能力再構築(スキル・ストラクチャー)』!!」

書き換えられたスキルが、震えた。

僕の魔力と、リタの魔力が絡み合い、新しいスキルを生み出していく——

「っ！　ん————っ！」

「リタ!?」

『実行』を押した僕の手を、リタがぱくん、とくわえた。

汗ばんだ指が、手のひらが、温かくて濡(ぬ)れたものに包まれる。

「ん！　んっ！　ん――――――――っ‼」

そのままリタは僕の手に、ほんの少しだけ歯を立てて、子犬みたいな甘噛み。

声を押し殺したまま、びくん、と、細い身体が跳ねる。

手から、ちくん、とした痛みが伝わって、僕の頭もしびれだす。

「――ぁ、わぅ。あ、あ………」

リタの身体が、くたん、と、脱力した。

「『能力再構築』完了。お疲れ、リタ」

「………ばかぁ」

僕の手から口を離して、リタは両手で顔を覆った。

リタの『神聖力封印ＬＶ９』は、完全に書き換えられた。

新しくできたスキルは――

（１）『所有者』の『神聖力』に『気づく』スキル

『神聖力掌握ＬＶ１』（ロック：摘出不能特性）

所有者が自分の『神聖力』を把握し、身体の好きな部位に集中することができる。

その部位の強度が増すため、攻撃力・防御力が強化される。

『神聖格闘』のダメージボーナスが２倍になる。

『神聖加護』が強化される。毒、麻痺の他、呪い、致死系の魔法を無効化。

（2）『沈黙』で『五感』を『封じる』スキル

『超越感覚ＬＶ1』

『沈黙』することにより、所有者は自分の五感を一時的に遮断することができる。

感覚遮断中は第六感が鋭敏になる。使用できるのは1日1回。

……なんかすごいのが出てきた。

『神聖力掌握ＬＶ1』はリタの中から動かせないからこのまま。

『超越感覚ＬＶ1』は僕が持ってるとして——使い道あるのか？

これで僕にインストールされてるスキルは、

固有スキル『能力再構築ＬＶ2』

通常スキル『贈与剣術ＬＶ1』『建築物強打ＬＶ1』『高速分析ＬＶ1』『異世界会話ＬＶ5』『超越感覚ＬＶ1』

……『能力再構築』がＬＶ2になってる。今ので上がったのか……。

おまけにどう変わったのかまったくわからない。相変わらず謎だな、このスキル。

それにしても、なんで僕だけこんなバランスが悪いんだろ。

そのうちいらないスキルは整理しよう。うん。

「……は……はぁ、もう……こんな」

「リタ、大丈夫？」

僕はリタの頭に手を乗せた。

リタは恥ずかしそうに、両手で顔を押さえてる。

だだっ子みたいに、ふるふると首を振ってる。

「……わぅ……やだ……ちからがはいらない……みられちゃう……やだ……はずかしいよぅ……」

もふっ。

「…………あれ？」

「……え？　あれ……？」

もふもふもふっ。

えっと。リタさん？

頭から三角形のもふもふが出てるんだけど。これ。

「……けものみみ？」

「うあ、うわあああああああああぁん」

リタは顔を押さえたまま、泣き出した。

『イトゥルナ教団』の神官長リタ。

その正体はサバラサ大陸の森に住む獣人だった。

もふもふの金色の耳と、尻尾を僕たちに見られたリタは、ぽつぽつと自分のこれまでのことを話し始めた。

リタは小さいころに、獣人の部族からはぐれた。

というより、捨てられたんじゃないかってリタは言った。

その理由は、リタが人間並みの『神聖力』を持っていたから。

それと、リタには自分の耳と尻尾を隠して、完全な人間の姿になることができる、不思議な力があったからだった。

本来の姿は獣人だけれど、スイッチを切り替えるように人の姿になれる。その間はちゃんと人間の耳もあるし、よっぽどのことがなければ、勝手に獣耳や尻尾が現れることはない。

獣人の世界では、両親のどちらかが人間だったとき、まれにそういう子供が生まれることがあるらしかった。

つまり、リタは両方の特性を備えたハイブリッドってことなのかもしれない。

僕がそう言うと「スキルって言えるほどの力じゃないし……両親のことなんか覚えてないけどね」って、リタはさみしそうに笑った。

リタにとって不幸だったのは、獣人の社会が耳の毛並みや尻尾のかたちで、地位や身分が決まる場所だったこと。

そのせいで、強い『神聖力』を宿し、獣人にも人間にもなれるリタは忌み嫌われた。

部族からはぐれて一人になったリタは人間の姿で街道をさまよい、『イトゥルナ教団』に拾われた。

そこからは、生きるために正体を隠す生活が始まった。

耳と尻尾を出せるのは、まわりに誰もいない時だけ。

教団の下働きになり、屋根裏の個室をもらうまでは、一日中気が抜けなかった。

『気配察知』のスキルがなかったら、とっくに正体がばれてたかもしれない。

いくら『慈悲』の教団でも、内情は僕たちが知っている通り。

人間に化けて教団内部に入り込んだ獣人を許してくれるほど甘くはない。

その後、リタは正体を隠したまま、教団の神官長にまでなった。

リタが教団を離れようとしなかったのは、夢があったから。

教皇になって、内部から少しずつデミヒューマンへの差別をやめるように変えていって、うまくいったら正体を明かすつもりだったらしい。

リタの最終目的は、自分を捨てた家族を見つけること。

『人間がデミヒューマンへの差別をやめたんだから、あなたたちも私を受け入れて』

家族を見つけたら、そんなことを伝えたかったんだって、リタは教えてくれた。

今考えると無茶だし、絶対に叶(かな)うはずのない夢だったんだけど、って、つぶやきながら。

そっか。

リタが言ってた「獣人の友だち」って、家族や仲間のことだったんだ……。

「私、ずっと教団にいたから、人間は他の種族を差別するものだって思ってたの」

ぴこぴこと耳を揺らして、リタは言った。

「でもね、セシルちゃんと一緒にいるナギを見て、違うのかな、って思い始めたの。ナギはセシルちゃんを大事にしてるし、セシルちゃんはナギを慕ってるでしょ？　そういうのを見ちゃったら、教団の中でのし上がろうとしてるのがばからしくなったの……」

なんで自分は、遠回りしてるんだろう、って。

自分を受け入れてくれなかった家族を探すより、今ここで受け入れてくれそうな人の仲間になりたい——そう思ったって、リタは言った。

泣きじゃくって、ごめんなさい、って何度も頭を下げて、
金色の耳と尻尾が気になるのか、手で押さえようとして、
リタは子供みたいに、つっかえながら、話し続けた。

「ごめんね。ごめんね。私はそんなに立派じゃないの。ダークエルフを差別しない立派な人間なんかじゃないもん。獣人だもん。ナギもセシルちゃんもだましてたんだもん……」

「僕は別に気にしてないけど」

セシルを奴隷にしてる僕を「外道（げどう）」って呼んでたのはそのせいってことか。

自分と同じデミヒューマン（しかも見た目はかなり幼い）に、人間が首輪つけて連れ回してたら、そりゃ怒るよなぁ。元の世界だったら通報されるレベルだ。

「普段は隠せるんだから、これからも教団の奴らに正体がばれる心配はないんだし」

「う、うん。それは大丈夫……うん」

リタは僕たちを安心させるように、何度もうなずいた。

「でもさ、僕らには正体を教えてくれてもよかったんじゃないか？」

「……話す前にあの副司教が押しかけてきたんだもん。それに、こうやって話せるのは、教団をクビになったからよ」

「神官長やってる時にばれたら、死刑？」

「最悪そうなってたわね。良くて神聖力封印された上に逆らえないように調教されて最前線送りね」

「どっちも最悪だな……」

「ごめんなさい……ごめんなさい、ナギ」

「いや、僕はリタが人間でも獣人でも気にしないって」

うん。

まったく気にならない。

「むしろ、もふもふ系もありだと思ってるし」

「……ご主人様（マスター）」

ぱぁ、と、リタの目が輝く。

金色の尻尾がぴこぴこ揺れてる。

……副司教にリタを渡さなくてよかった。

あいつにリタの正体がばれたら、どんな目に遭わされてたかわからない。

「ごめんね……セシルちゃん」

「わたし、魔族です」

いきなりだった。

涙でぐしゃぐしゃのリタの顔をのぞき込んで、セシルは言った。

「人間社会になじめなくて、それでいて強大な魔力を持つせいで滅ぼされた一族の、最後の一人です。魔族なんです」

セシルはリタを見ながら、優しく微笑(ほほえ)んだ。

「それでリタさんはわたしのこと、嫌いになりますか?」

「……なるわけないじゃない」

「わたしも、リタさんのこと、好きなままです」

「……セシルちゃん」

手を握り合う、セシルとリタ。

あ、そういえば。

「僕もこの世界の人間じゃなかった。『来訪者』だったっけ」

「はぁっ⁉」

「『来訪者』、異世界から来た人間」

「…………ふん。だからなによ? ナギはナギでしょ?」

リタは、ほっとした顔をしてる。

まぁ、今まで教団の中で正体隠して、気が休まる間もなかったんだろうな。

あんな変態副司教と一緒だったわけだし。

「それで……なんだけど」

リタは立ち上がり、僕に向かって深々と一礼。

「……おしおきしてください、ご主人様」

「…………はい⁉」

ベッドの上に、ぺたん、と座って、リタは僕を見た。

三角耳は倒れて、尻尾はくにゃん、と垂れて。

「私、ご主人様に正体を隠してました。外道とか言いました。だから、おしおきしてください」

「でも、外道とか言ってたのは『契約』する前だろ」

「やなの！　ナギたちの仲間になりたいからじゃなくて、教団から逃げるためにここに来たって思われるのがやなの！　ナギがそう思ってなくたって、私がやなの！　だから……おしおき。ナギが私を受け入れてくれたって信じさせて」

……そんなこと言われてても。

そもそもリタはリタだし。

正体が獣人でも、僕はむしろおっけーだし。

リタは僕たちのために司教を怒鳴りつけて回し蹴り食らわせて、神聖力まで封印されてるんだから。

教団から逃げるためにここに来た、なんて思ってないんだけどなぁ。

でも……リタがそこまで言うなら。

「あ、でも、えっちなことは駄目よ？」

リタは真っ赤な顔で首を振った。

「さっきので……ほら、まだどきどきしてるし、身体はじんじんするし……ね。別のこと！　別のことならなんでもするから！　どんとこーい！」

……そんなこと考えてませんでしたよ？

いや、本当ですよ？

なんでジト目でこっち見てるのセシル。

君の教育に悪いことなんかしませんよ？

さっきは色々したけどさ。あれはスキルをいじるためで——あ、そういえば。

「うん。わかった。じゃあ、これを使おう」

僕はバックパックからスキルクリスタルを取り出した。

『レヴィアタン』との戦いの時に作った『無刀格闘ＬＶ１』だ。

僕向きじゃないと思ってたからとっといたんだ。

「……ナ、ナギ？　ご主人様……？」

「この『無刀格闘ＬＶ１』はリタにぴったりだよな。インストールしてあげよう。今しよう。あと、『能力再構築ＬＶ２』でなにが変わったのかも調べてみたいし、リタのスキルでいろいろ試させて。大丈夫。スキルをいじるだけだから。『再構築』はしないから」

「『能力再構築（あれ）』を？　もういっかい？　ま、まって……その、そういうおしおきは……あの」

スキルの効果を確認するだけですがなにか？

「どんとこーい、って言ったよね？」

「ごめんうそっ……うそですっ。あ、あ、あああああああっ。も、もう、や……や、やあああああっ。わあああああん。やっぱりナギは外道だぁ――――――っ！」

人聞きの悪い。

今回登場したスキル

『神聖力掌握ＬＶ１』

体内の神聖力を好きな部位に集中できる。

「気」を身体に巡らせるようなもので、集中した部分の攻撃力・防御力が上昇する。

低級のアンデッドなら、リタの手足に触れただけで消滅する。


『超越感覚ＬＶ１』

五感を断って第六感を覚醒（かくせい）させるスキル。

視覚味覚聴覚嗅覚（きゅうかく）触覚を一切感じなくなるため、魅了（チャーム）等を無効化可能。

使用回数に制限あり。その理由は――。

第14話「リタとご主人様と、開きっぱなしの檻(おり)」

「私は『イトゥルナ教団』のトップに立って、組織を変えるの。
デミヒューマンへの差別をやめさせて、みんなで仲良く生きられるようにするのよ！」

本当に？
私がしたいことって、そんなことだったのかな。
古い古い、記憶の中で、私は自分に問いかける。

私の名前はリタ＝メルフェウス。『イトゥルナ教団』の元神官長。
わけあって、ある人の奴隷になりました。
そして、ここは夢の中。
私がいるのは、暗い森。
獣人の家族に置き去りにされた、あの森だ。
夢の中の私はまだちっちゃい……はぁ。
あの時のことは、最近は思い出さなくなってきたんだけどなぁ。
いけない。気がゆるんでる。
獣耳と尻尾(しっぽ)は隠しておかないと。

「えいえい」

ちっちゃな私は耳と尻尾を必死で叩いてる。

けど、隠れてくれない。

夢の中の私は7歳くらいで、自分がどうしてここにいるのか、まだわかってない。

私の部族は、知らない間に移動してた。

父さんも母さんも、ちっちゃな妹のミースタも。

私はといえば、夜の間に移動するなんて話は聞かされてなくて、木の根本でぐーすか寝てただけ。

目を覚ましたら誰もいなくて、ずっと樹の根本に座ってた。

「……みんな、結局もどって来なかったなぁ」

お父さんも、お母さんも、妹のミースタも。

やっぱり、私がちゃんとした獣人じゃないから。

私が「ちゃんとした生き物」じゃないから。

……だから私は「ちゃんとした生き物」になろうって思ったんだ。

立派な人になって、

『イトゥルナ教団』のトップに立って、
教団の人たちに、デミヒューマンへの差別をやめさせて、
家族を見つけて「獣人も差別をやめて。半端者の私を受け入れて」って言えば——私を捨てた家族も、きっと——

「でも……なんかちがう」

夢の中のちっちゃな私は、地面に、ころん、と転がった。
さみしくて、おなかがすいて、樹の根っこをがりがり、がりがり。
さみしいのも、おなかがすいたのも、治らない。
記憶を元にした夢だから、これからなにが起こるのか、私は知ってる。
もうすぐ、『イトゥルナ教団』の馬車が通りかかるんだ。
教団の馬車に拾われて、私はそこの下働きになる。
耳と尻尾を隠して働いて、がんばってがんばって、神官長になる。
それが夢への第一歩。
そして私は教団のトップを目指してるうちに……

「リタさぁ。教団辞めた方がいいんじゃないか？」

変なこと言うひとに、会うんだ。

「教義に凝り固まって言うこと聞かない部下に囲まれてて楽しいの？」

ふーんだ。
自分はちっちゃなセシルちゃんを奴隷として連れ回してるくせに、よく言うよね。
——なんて、私はその時思ってた。

あんただって、教団のみんなと同じじゃない、って。

デミヒューマンを差別してるから、セシルちゃんを奴隷にしてるんじゃない。

違うところは……


セシルちゃんが、とってもあんたを信頼してること。

まるで大好きな人を見るみたいに、熱っぽい目をしてること。

気づいてないでしょ？

それと、セシルちゃんが魔力切れで倒れたときに、あんたが真っ青な顔をしてたこと。

これも気づいてなかったでしょ？

ちっちゃなあの子を、ぎゅ、って抱きしめて、あわあわしてたくせに。

あとは、そうね。

泣きそうになってた私を、助けに来てくれたことかな。

湖の近くで、仲間はみんな麻痺しちゃって、ひとりで大怪魚『レヴィアタン』と戦ってたとき、泣く寸前だったもん。

地面に座り込んで、泣いちゃったら楽になれるんだろうな、って思ってた。

あんたが来たから、それができなかったんだもん。

ナギの——ご主人様のせいなんだからね。
教団のことが、どうでもよくなっちゃったのは。

あの組織が、私を閉じ込める檻だって気づいちゃったのは。

考えないようにしてたのに……私の心を丸裸にしてどうするのよ、もーっ！

教団をクビになったのに、ぜんっぜん悔しくないもん。

逆にうれしいくらいだもん。

好きだって思える人を見つけて、その人にほんとの私を受け入れてもらって、仲間になって、こうして一緒にいられることが——すごく。

今までの苦労を帳消しにしちゃうくらい、うれしくて、幸せだもん。

まったくもう、ご主人様ってば……もーっ。

私を作り替えちゃった責任取りなさいっ！

どうしてくれるんですか、ご主人様？

私の愛(いと)しいご主人様？　この思いを、どうしてくれるんですかねー？


私はまだ夢の中。

物音に気づいたちっちゃなリタ＝メルフェウスは立ち上がります。

森の外の街道を、がらがらと音を立ててやってきたのは、教団の黒い馬車。

過去の私は、それに手を振って呼び止めて、助けてもらったっけ。

でも、これは夢だから、方針変更。

私は木の陰に隠れて、馬車を見送ります。

その向こうに、足音が聞こえたから。

黒い髪のご主人様と、ちっちゃな魔族の女の子。
私が向かう先はそこ。
ふたりの姿が見えたから、全速力で走り出す。
都合いいなぁ、私も。
でも、夢なんだからいいよね？

私は、家族に捨てられた場所を後にする。
ナギとセシルちゃんに手を引かれて、暗い森の、そのまた外へ。
さて、目を覚ましましょう。
私のご主人様と、セシルちゃんが待つ、現実（いま）へ。

「ふわぁーぁ」

ひさしぶりにぐっすり寝たなぁ……。
もぞもぞ、もぞもぞ。
胸の間で、なにか動いてる。
銀色の髪の女の子が、私の胸に顔をうずめてもがいてる。
セシルちゃんだ。かわいいなあ、もう。
長い耳がぴくぴくしてる。もがーもがーって、なんだか息苦しそう。

……あれ？

気がつくと私はナギの背中に手を回してて、ぎゅ、と抱きしめようとしてる。

私とナギの間にはセシルちゃん。ふたりのあいだに挟まって酸欠状態。

私の身体(からだ)は床の上。

ベッドから落っこちてきたナギに、いつの間にかくっついてたみたい。

そのナギにセシルちゃんがくっついて、そのセシルちゃんに私がくっついたからこうなった。

……あったかいなぁ。

ふわふわといい気持ち。

こんな気持ちで目を覚ますのなんて生まれて初めてかも。

私の首には、革の首輪。『契約』がくれた奴隷の証(あかし)。

正式に、私がナギのものになったって証拠品。

結局、私は『イトゥルナ教団』って檻から逃げ出して、別の檻に入っただけなのかも。

でも……その檻はあったかくて気持ちがよくて、おまけに鍵(かぎ)なんかかかってない。

檻の扉は開いていて、ナギは私に命令する気なんかないって言ってくれる。

そんなナギの言葉が見えない鎖になって、私の心をつないじゃってる。

だから、このあったかい檻から、私は逃げ出す気になれないのだ。

ほら、私って、わんこっぽい獣人じゃない？

ご主人様に忠実なのは、本能みたいなものなの、きっと。

「もがーもがー、リ、リタひゃーん」

セシルちゃんはちょっと苦しそう。

じゃあ、そろそろ起きましょう。

ナギが目を覚ましたら、抱きついちゃったこと謝って、奴隷のくせにいっしょに寝ちゃったことを話して、こう言うの。

「おしおきしてください、ご主人様」

きっとナギはびっくりしたあと「しょうがないなぁ」って顔をするはず。

そんなご主人様(ナギ)の反応が、私は大好きだったりするのだ。

第15話「暴走する魔物をチートスキルでぶちのめす」

リタが仲間になった次の日。

僕たちは3人でメテカルの町を歩いていた。

リタは文字通り、身体ひとつで僕のところに来た。

服も一枚っきりだし、他に色々（下着とか）必要なものがあるので、買いに出ようということになったのだった。

「私、この町には一回だけ来たことあるから、お店には詳しいもん。なんでも聞いて」

って、リタがおっきな胸を叩いた数分後、僕たちは見知らぬ路地に迷い込んでいた。

「……あれ？」

「獣人の野性的方向感覚はどうなった」

「ち、違うもん！」

リタは言い訳するみたいに、ぱたぱた腕を振った。

ちなみに耳と尻尾は隠してる。人前だからね。

「森の中なら目をつぶっても歩けるもん。ここが建物ばっかりなのがいけないんだもん！」

「そりゃ町だからね」

「それに人のにおいが強くて、位置とか場所とかよくわかんないし……」

リタは「口なおし」ってつぶやいて、セシルの首筋に鼻を近づけた。

セシルは「よしよし」ってリタの頭を撫でてる。

どっちがお姉さんだ。

「大通りに戻ろう。この辺は店なんかなさそうだし」

二人で並んでやっと通れるくらいの路地。まわりは古い建物が並んでる。

店どころか人の気配もない。

リタは「了解」って言って、獣耳を出した。

ぴこぴこ揺らしてから、「人の声がたくさん聞こえる。あっち」って指さす。

「ね、ナギ、セシルちゃん。これも冒険みたいなものよね？」

僕たちの先頭に立って歩きながら、リタは言う。

「私、ふたりを守るからね。戦闘力は私が一番高いんだから」

実はそうなんだ。

セシルは基本的にレベル1の魔法しか使えない。

『古代語詠唱』を使えば超絶魔法にアップデートできるけど、詠唱にかなりの時間がかかる。

で、主人の僕は、戦闘力がかなり低い。

というか、『剣術』スキルを書き換えちゃったから、近接戦闘力は相当ダウンしてる。

リタが入ったことで、彼女が前衛。セシルが後衛。

僕が前と後ろを行ったりきたりして色々やる、っていう戦術が取れるようになった。

これで冒険もしやすくなったはずだ。

「ほらね。私の耳は正しかったでしょ？」

リタは振り返り、ふふん、と笑った。

ここまで来れば僕にもわかる。人のざわめきが聞こえる。

僕たちは大通りに出た。

たくさんの屋台が並んでる。

果物やお菓子を売ってるのもあれば、肉を焼いてる屋台もある。

お祭りでもやってるのか？

「知らないのか？　貴族の方が調教した魔物のお披露目があるんだよ」

通りがかった男性が教えてくれる。

「国王陛下直属のアルケミストが、魔物を奴隷化して使役する実験をしてるんだってさ。その成功例が、貴族に払い下げられたらしいぜ」

「そいつを使って、ダンジョンの攻略をするって話だ」

「最近、ダンジョンの最下層あたりに秘宝があることがわかったって――」

大通りに並んでる人たちは話し続けてる。

国王陛下直属のアルケミスト――錬金術師かぁ。

来訪者じゃないといいなぁ。

正直……関わりたくない。

「おー、来た来た」

町の人たちがざわめいた。

大通りを、赤い鎧を着た男たちが歩いて来る。あれがこの町の衛兵らしい。

その行列の中心に、首輪をつけた魔物がいた。

身長は2メートル前後。

手にしているのは、長い柄がついた両刃の斧(おの)。ポールアクスだ。

黒光りする皮膚。

豊かな筋肉を鎧のようにまとっている。

頭部には、2本のねじくれた角。

雄牛の頭。

「……ミノタウロス」

「あんなものよく使役できたわね……」

僕の言葉に、リタが震える声で応える。

「魔物を使役するって、やっぱり難しいのか？」

「力で服従させるか、スキルでコントロールするかのどっちか。だけどあれは、近くに強そうな人は……いないわね。錬金術で新しいアイテムでも作ったんじゃない？」

「すぐにこの場を離れましょう」

小さな手が、僕の袖(そで)を掴(つか)んだ。

セシルが真っ青な顔で、こっちを見てた。

「ミノタウロスさんの首輪から、嫌な魔力を感じます。ふらついて――安定してないような」

がごん！

固いものがひしゃげる音。

重いものがぶつかりあう音。

通りの方を振り返る。

建物に叩き付けられた衛兵が、地面に落ちるところだった。

大通りの中央には、ポールアクスを振るった姿勢のままの、ミノタウロス。

「ガ――――グァ――ガ」

真っ赤な爪が生えた指が、自分を縛る首輪を掴んだ。

ミノタウロスの腕が、膨らんだように見えた。

次の瞬間――


ぶちり、と、首輪が千切れた。

「グガアアアアアアアアア――――――ッ！」


「セシル！　リタ！」

「わかってる。逃げましょうナギ！」

衛兵たちは二手に分かれた。片方はミノタウロスの前に立ちはだかり、もう片方は町の人たちを誘導してる。

僕たちも長居は無用だ。

「リタはセシルを背負ってあげて。全速力でここから離れる」

「ルートは？」

「雑踏に巻き込まれないようにする。さっき通った路地を行こう！」

「了解。ナギが先導よろしく！」

任せてくれ方向音痴。

僕たちは走り出す。

「首輪って解除できるんだな」

しかも、力ずくで。

「『契約の神様』が作ったものだから、壊せないって思ってた」

「あれは違います。たぶん、アルケミストさんが作った偽物です」

「早い話が劣化品か」

「魔法実験用の失敗作ですね」

「そんなもん実用に使うなよ」

「迷惑な話ですよね」

「迷惑どころじゃないわよっ！　後ろ！」

後ろ？

リタの叫びに、振り返る。

黒い影が、見えた。身長２メートル弱の。

鼻息荒く。首には千切れた首輪が引っかかってる。

なんで……ミノタウロスが僕たちを追いかけて来てるんだ⁉

「グ──グガ──ガアアアアアアアッ！」

ミノタウロスが吠える。

その後ろで、衛兵たちが倒れてる。６人がかりでも止められなかったのか⁉

「ガ──ァ。グガァッ！」

路地にむりやり巨体を滑り込ませて、走ってくるミノタウロス。

左右の家をがりがり削りながら近づいてくる。

でも、このまま走れば逃げられる──いや。

目の前の路地を、屋台が塞いでた。

でたらめに走ってたから、気づかなかった。

大通りに出てた屋台だ。きっと。

ミノタウロスが暴走したのに気づいて、あわてて路地に隠したんだ。

肉と油の匂いがする。木製の屋台が、肉の脂で光ってる。

迷惑な──違法駐車じゃねぇか。

「……ナギさま、リタさん、先に逃げてください」

突然、セシルがリタの背中から飛び降りた。

「たぶん、ミノタウロスさんは、わたしを追いかけてるんだと思います」

「セシルを？」

「あの首輪を作ったのはたぶん、魔法使い──魔力の使い手です。ミノタウロスさんはそれに近い生き物を最初に潰(つぶ)そうとしてるんです」

「……また、首輪で拘束されないように？」

「はい。だから、わたしがおとりになれば、ナギさまたちは逃げられるはずです」

「わかった。奴をここで迎え撃つ」

僕はリタの腕を掴んだ。

「倒せなくても逃げられるように足止めする。それでいいな、リタ」

「聞くまでもないわよご主人様っ！」

ぴこん、と、リタの頭から耳が飛び出す。同時に、ローブの隙間から金色の尻尾が。

よし、僕の奴隷はやる気まんまんだ。

「な、な、なんでですかーっ⁉」

「なんでって、セシルは仲間だし」

「殺されるつもりなんかないです。時間稼ぎするだけです。なのに」

「ミノタウロスなんかがセシルに触れるのは絶対にやだ」

「──はうっ⁉」

「セシルは僕の奴隷だろ？　だったら、セシルの身体は僕のものだ。僕の意志を無視して、勝手に犠牲になることは許さない」

「──は、はぅぅっ⁉」

なにもおかしなことは言ってないよな。

セシルは真っ赤になってるけど——その追及はあと。

状況を確認しよう。

ここは路地。まわりは煉瓦造りの家。

路地の幅は、二人が並んで通れるくらい。

目的はミノタウロスの足止め。

倒さなくてもいい。僕たちが逃げられれば、それで。

衛兵や冒険者の応援が来れば、ミノタウロスを倒してもらえるはず。

「ふたりとも、こっち来て」

僕はセシルとリタに作戦を伝えた。

「というわけで、リタには僕とセシルが屋台の向こう側に移動するまでの時間を稼いで欲しい」

「あのね、ナギ。あんた勘違いしてない？」

リタは僕を睨んでる。

さすがに無茶だったか。

「ご主人様が考えた作戦に、文句なんかあるわけないじゃない」

「え？」

「こういう時は『作戦を考えた。あとよろしく』でいいの」

「いいの？」

「いいの！」

リタは不敵に笑う。

「ナ、ナギと私が作ったスキルの力、見せてやろうじゃない！」

金色の髪をなびかせ、リタがミノタウロスの前に立ちはだかる。

『レヴィアタン』と戦ってた時と同じだ。

リタはどんな時でも仲間を絶対に見捨てない。

「発動……『神聖力掌握』」

リタは静かに深呼吸する。

綺麗な両手が、青白く輝きはじめる。

指と、掌と、手首、肘までを包み込む、青白いオーラのようなもの。

それが透明なガントレットを形作る。

「さぁ、どっからでもかかってきなさい。暴走した魔物兵器！」

「目的は時間稼ぎだってこと忘れないで！」

僕はセシルの手を引いて走り出す。

路地を塞いでる、脂でギトギトの屋台。

あんまり気は進まないけど、それに手をかけて乗り越えにかかる。

「……ハクシャク……サマノ、タメニ」

機械みたいな声に振り返る。

ミノタウロスがリタに向かって、ポールアクスを振り下ろす。

「そんなもんが効くかぁっ！」

がごんっ！

リタは身体を傾けてそれを避け、ポールアクスを真横から殴りつける。

鋼鉄の斧が、砕けた。

その隙に、リタが間合いを詰める。

接敵。

右の掌底がミノタウロスの腹を叩く。

「ふんっ！」

青白い神聖力の光が、ミノタウロスの腹から背中へと突き抜けた。

「シュゴオオオオオオァ！」

ミノタウロスが腹を押さえて絶叫する。

だけど、

「ケンジョウ——スル……サイオクノヒホウヲ」

「ちっ！」

リタは瞬時に判断。後方へジャンプ。

ミノタウロスが振り上げた腕を避ける。

ぎん、と、固い音。

かわしきれなかった爪を、リタの『神聖力掌握』がはじいた音だ。

「さすが中級の魔物ね。意外と賢いじゃない！」

リタは距離を取り、うっとうしそうに金色の髪をかき上げる。

狭い路地いっぱいに広がって迫ってくるミノタウロス。

貴族だかなんだか知らないけど、余計なもの呼び込んでくれた。

魔力で制御してたって、暴走したらなんにもならないだろ！

「ナギさま、早く！」

気がつくと、先に屋台を乗り越えたセシルが、僕に向かって手を伸ばしてた。

僕は屋台の屋根から飛び降りる。

「リタ！　こっちは準備完了だ！　来い！」

「はい、ご主人様！」

屋台の向こうで、リタが地面を蹴るのが見えた。

白い身体が跳躍する。リタはそのまま左右の壁を蹴る。三角跳びを繰り返し、さらに高く飛び上がる。金色の髪をひるがえし、挑発するように尻尾をぴこぴこ揺らして宙返り。

ミノタウロスがつられて頭上を見上げる。

――今だ！

「『建築物強打LV1』（破壊特性無効）！」

僕は屋台に拳を叩き付けた。

衝撃。

違法駐車の屋台が、ミノタウロスに向かって走り出す。

前に、馬車をこのスキルで動かしたことがある。

屋台だって同じだ。屋根があって柱があるんだから動くはず！

「セシル！」

「はいっ！　『精霊の息吹よ我が敵を撃て！　炎の矢‼』」

セシルの手から炎の矢が飛んだ。

脂まみれの屋台に当たる――引火する。

「『炎の矢』『ふれいむあろーっ』『ふれいむ、あろ――っ！』」

さらに追加！　炎がどんどん大きくなる。そして、
がごんっ！

「グガアアアアアアッ！」

上空に気をとられたミノタウロスの腹に、炎に包まれた屋台が激突した。

さっきリタが一撃を食らわした場所だ。

ミノタウロスが膝をつく。その顔を、炎と煙が直撃する。

煙と火の粉を吸い込んだミノタウロスが苦しそうに首を振る。

「はい、おしまいっ！」

垂直落下してきたリタの蹴りが、ミノタウロスの頭頂部を直撃した。

『神聖力掌握』の青白いオーラに包まれた、リタの踵。

それがミノタウロスの頭にめり込む。

「これで――とどめっ！」

リタは奴の頭を踏み台にジャンプ。再度壁を蹴り、ミノタウロスの眉間に両腕を叩きつけた。

ぐらり、と、ミノタウロスの身体がゆらいだ。

目と、耳と、鼻と、口。

頭部のあちこちから血を流し、ミノタウロスは倒れた。

「おつかれさまー」「お疲れさまです、リタさん」

ぱんぱんぱーん。

リタとセシルは（かなり身長差がある）ハイタッチ。

意外とあっさり倒せたな。

というか、つえー、リタつえー。

「これだったら、リタひとりでも『レヴィアタン』倒せたんじゃないか……？」

「ううん。この機動性は、ナギがくれたスキルのおかげよ」

「そうなの？」

「『神聖力』を手足に集中すると、ジャンプする時のスピードが上がるみたいなのよねー。身体の動きも速くなってるし、考える前に動く感じかな？」

「つまり『神聖力』というかオーラを推進力にしてるような感じ？」

「よくわかんないけどナギが言うならそれでいいんじゃない？」

「いいのそれで？」

「勝てたんだからいいじゃない」

「いいじゃないですか、リタさんも『ちぃときゃら』になったんですから」

「私もセシルちゃんの仲間だもん」

「仲間ですよね」

「「ねー」」

繋いだ手をぶんぶん振り回してるリタとセシル。

というか、振り回しすぎてセシルが飛びそうになってますが。

ま、いいか。

僕がふたりをチートキャラにしちゃったんだし。

なんかあったらフォローすることにしよう。うん。

「……ナギ、人が来るわ」

不意にリタの耳が、ぴくん、と動いた。

「鎧の音。剣が触れ合う音。足音から推測すると、数は20人くらい」

「衛兵かな」

「たぶんね。どうする？　ミノタウロス倒したんだから報酬ください、とか言う？」

まさか。

報酬は魅力だけどさ。

でも、ミノタウロスの飼い主に目を付けられそうだし。

町中に魔物持ち込むような奴に関わると、ろくなことにならない気もする。

「全員撤収ー。宿に戻って一休みしよう」

「賛成です。身体べとべとするから綺麗にしたいです」

「セシルちゃんと同じ。面倒なことになる前に帰りましょ」

衛兵に見つかったらこう言うことにしよう。

いやーびっくりしました。

気がついたら、ミノタウロスが死んでたんですよー。

なにがあったんでしょうねー。びっくりだー。

きっとすごく規格外の人が倒したんでしょうねー。

そんなわけで、僕は駆け足で、リタはセシルを背負って超特急で、その場を離れたのだった。

第16話「やっと落ち着いたから冒険者ギルドに登録しよう」

次の日。

僕とセシルとリタは、メテカルの町の冒険者ギルドに来ていた。

ひと通りの説明を受けて、禁止事項（冒険者同士の殺し合いの禁止。ただし、正当な理由がある場合を除く。民間人へ危害を加えることの禁止。メテカル自治法に違反しないこと。その他）の誓約書への署名を済ませた。

最後に登録料を支払って、僕たちはやっと、正式にギルドの一員として登録された。

禁止事項への誓約が『契約（コントラクト）』じゃなくて署名になってるのは、『契約』だとペナルティが大きすぎるから。ギルドではそこまでの責任を持てないからだそうだ。

例えば『契約』違反で頭痛が起きてるときに、魔物に出会って殺されたら？

例えば、悪い民間人がクエストの報酬とかを狙って攻撃してきたときに、『契約』のせいで抵抗できなかったら？

冒険には危険がつきものだ。

『契約』に縛られて命を落としたら、意味がない。

誓約書に違反した場合はギルドを追放されるし、メテカルの自治法に違反したら、普通に裁かれる。今のところは、それでうまく行っていますよ、と、受付のお姉さんは教えてくれた。

スキルやパラメータの確認はなかった。

どんな能力を持っているかを知られるということは、逆を言えば何ができないか——要は弱点をさらす、ということだ。情報なんかどこから漏れるかわからないし、それを嫌ってギルドの加入者が減るのも困る、てな訳で、漏れたら困る個人情報は基本的に集めない方針らしい。

そのおかげでセシルやリタの正体は、ばれなかった。

セシルはダークエルフで通ったし、リタは耳と尻尾を隠して、人間ってことで登録できた。もっとも、二人とも僕の奴隷って扱いだけど。

ギルドにはダークエルフの登録者もいるそうで、種族的なこだわりはないみたいだ。

ギルド加入の特典は、まず第一に仕事が受けられること。

これは仕事の奪い合いを避ける目的があるらしい。

昔はいい仕事をめぐって戦ったり——場合によっては殺し合いをしたこともあったそうだ。今はギルドを通して仕事を受けるというルールになってるのは、それを避けるためだって説明だった。

第二の特典は、ギルド所有の施設を優先的に使えること。

宿屋だったり、下宿だったり、あるいは商店だったり……冒険者が使いそうな施設は、ちょっとだけお得に使えることになっているそうだ。

ちなみにこのメテカルには冒険者ギルドがふたつある。

ひとつは僕たちが登録した『庶民ギルド』。

こっちはメテカルの商人がスポンサーになって運営している。

外から流れてきた冒険者や、メテカル出身の一般人が登録することが多い。

もうひとつは貴族が運営している『貴族ギルド』だ。

あっちは王家の子息や、貴族の子供たちなどがハクを着けるために登録するのがメインだとか。

貴族ギルドは王家から大きな仕事を依頼されたりするけれど、あっちのギルド員で本当に腕が立つのは一部だけ。できない仕事は庶民ギルドに回ってきているのが現状らしい。

結局のとこ『庶民ギルド』は大きな互助会なんです、と、受付のお姉さんは言った。

腕の立つ人はダンジョンに潜ればいいし、自信のない人は採取系のクエストをすればいい。

とにかく、仕事が欲しい人にそれを回すことで、最適の生き方を探してもらう。

自分は冒険者に向かないと思ったら、人脈ができそうなクエストを受けて、それから別の仕事を見つければいい。

メテカルは商業都市だから、そうやって経済を回していくのがいい。

要は、みんなが死なないように、ってシステムなんですよ——

そう言ってお姉さんは、説明をしめくくった。

最後に「たまにシステムが回らないこともありますけどね……」ってぼやいてから。

僕たちは最初のクエストを受ける前に、宿に戻った。

それぞれのスキルと効果を確認してからの方がいいってことで一致したからだ。


まずは、僕のスキルから。

『能力再構築(スキル・ストラクチャー)』したスキルがわかるように、僕がひとりで組み替えたスキルには「R(レア)」が、セシルやリタと一緒に組み替えたスキルには「UR(ウルトラレア)」がついてる。

レベルはあくまでも参考に。スキルの平均値で計算してみた。

職業も、できることのおおざっぱなイメージだ。
種族も、別にギルドに申告するわけじゃないから、そのまま。

ソウマ＝ナギ
種族：人間
職業：スキル・ストラクチャー
レベル：２

固有スキル『能力再構築（スキル・ストラクチャー）ＬＶ２』
自分と、配下の奴隷のスキルの『概念』を入れ替えることで、新たなスキルを作り出すことができる。奴隷の体内にあるスキルと自分のスキルを使って再構築すると、より高等なスキルができやすくなる特性がある。
ＬＶ２で増えた能力は不明。
一昨日（おととい）の夜、いろいろ実験したけど結局わからなかった。ほんとごめん、リタ。

通常スキル
『贈与剣術ＬＶ１』（Ｒ）
『剣や刀』で『回復力』を『増やす（10％＋『贈与剣術』ＬＶ×10％）』
効果：剣や刀で斬った相手に回復能力を与える。相手本来の治癒能力にプラスされる。増加値は

『贈与剣術』ＬＶ×10％＋10％（現在の増加値：20％）。

『建築物強打ＬＶ１』（Ｒ）

部屋の壁や内装に強力なダメージを与える。破壊特性『煉瓦（れんが）』『木の壁』

『高速分析ＬＶ１』（ＵＲ：セシル）

周囲の状況を素早く分析する。高速化した分だけ、効果範囲は通常の分析よりも減少。

『異世界会話ＬＶ５』

異世界の人々と会話することができる。また、文字を読むことも可能。

『超越感覚ＬＶ１』（ＵＲ：リタ）

『沈黙』することにより、所有者は自分の五感を一時的に遮断することができる。

感覚遮断中は第六感が鋭敏になる。使用できるのは１日１回。

次はセシルのスキル。

セシル＝ファロット

種族：魔族（表向きはダークエルフ）
職業：妹系魔法使い
レベル：２

固有スキル『魔法適性ＬＶ３』
すべての魔法の効果が『魔法適性』ＬＶ×10％＋10％増加する（現在の増加値：40％）。

通常スキル
『古代語詠唱ＬＶ１』（ＵＲ：セシル）

呪文を古い言葉（古代語）で詠唱する。詠唱速度は通常より遅くなり、代わりに威力が大幅に増大する。増加率は２００％から８００％程度。ただし、魔力の消費もそれに応じて増大する。

『魔法耐性ＬＶ１』

魔法攻撃からのダメージが『魔法耐性』ＬＶ＋10％（ボーナス値）減少する（現在の減少値：11％）。

ボーナス値はレベルアップに伴い増加。

『魔力探知ＬＶ１』

周囲にある魔力を感知することができる。

『鑑定ＬＶ２』

対象のアイテムの価値を見抜くことができる。成功確率は『鑑定』ＬＶ×10％。魔法がかかったアイテムの場合、鑑定成功率が『魔法適性』のＬＶ×10％追加される。

『動物共感ＬＶ３』

動物と意思を、なんとなく通じ合わせることができる。

習得魔法『火炎魔法ＬＶ１』『灯り（ライト）』『炎の矢（フレイムアロー）』『火球（ファイアボール）』

最後に、リタのスキルだ。
リタ＝メルフェウス
種族：獣人（表向きは人間）
職業：野生的神聖格闘家
レベル：３
固有スキル『格闘適性ＬＶ４』
武器・防具を装備していない場合、素早さが『格闘適性』ＬＶ×10％増加する。

ロックスキル
『神聖力掌握ＬＶ１』（ロック：摘出不能特性）（ＵＲ：リタ）
所有者が自分の『神聖力』を把握し、身体（からだ）の好きな部位に集中することができる。
その部位の強度が増すため、攻撃力・防御力が強化される。
『神聖格闘』のダメージボーナスが２倍になる。
『神聖加護』が強化される。毒、麻痺（まひ）の他、呪い、致死系の魔法を無効化。

通常スキル
『神聖格闘ＬＶ４』

戦闘中、相手に与えるダメージが『神聖格闘』ＬＶ×10％増加する。

相手がアンデッドの場合、ダメージはさらに20％増加する。

『神聖力掌握ＬＶ１』の効果により、現在ダメージ２倍ボーナス中。

『神聖加護ＬＶ４』

戦闘中、相手から受けるダメージが『神聖加護』ＬＶ＋10％（ボーナス値）減少する。

ボーナス値はレベルアップに伴い増加。

相手がアンデッドの場合、ダメージはさらに20％減少する。

毒・麻痺の無効化。

『神聖力掌握ＬＶ１』の効果により、現在、呪い・致死系の魔法を無効化。
『歌唱ＬＶ５』
とても綺麗(きれい)な歌が歌えるスキル。かけだし吟遊詩人レベル。
『気配察知ＬＶ４』
においや音、気配などで周囲の動きを察知する。
『無刀格闘ＬＶ１』(Ｒ)
素手の状態で与えるダメージが『無刀格闘』ＬＶ×10％増加する。

以上。

改めて見るとセシルとリタの能力の高さと、僕の戦闘力のなさがはっきりわかる。
まぁ、僕の目的は英雄になることじゃなくて『働かなくても生きていけるスキル』を作り出すことだからいいんだけど。
欲しいのは採取系のスキルだ。

概念に『お金を……』ってのが入ってれば最高だな。

組み直して『お金』を『無限』に『増やす』スキルとかできたら、それでクリアだ。

よし……全身の力を抜いてがんばろう。

できればずっと、メテカルにいられればいいんだけど……。

というか、あちこち移動するのって疲れるからねぇ。


宿に戻ったあと、僕たちは話し合って、最初はまず採取系のクエストから始めようって決めた。

まずはメテカル周辺の地理に慣れること。

地図を覚えること。信用できそうな知り合いを見つけること。

とにかく生き残るのが先。

ダンジョンに潜るなんてもってのほか。

そういうことで話がまとまったから、僕たちはまたギルドへ向かった。

僕たちはクエストが貼り出されてる掲示板——クエストボードから、採取系の仕事を探した。

そんなものなかった。

さっきギルド登録したときに貼り出されていたクエストの紙は全部はがされてて——

受けられる仕事は、ひとつだけ。


『全員参加クエスト』
・魔剣争奪戦

80年ぶりに『魔剣レギナブラス』がダンジョンに出現したという情報が入りました。

みなさんも知っての通り、貴族ギルドはいつも私たちに無茶な仕事を押しつけてきました。彼らは傲慢(ごうまん)になるばかりです。

その上、彼らが魔剣まで手に入れたら、こっちはどんな目にあわされるかわかりません。

それを防ぐため、庶民ギルドメンバーは全員でダンジョンでの魔剣探索に参加してもらいます。

探知魔法によると、魔剣は地下最下層、第12階層付近に存在する可能性が高いです。

みなさんの健闘を祈ります。


「…………はい？」

番外編「ナギとセシルと『白き結び目の祭り』」

「『白き結び目の祭り』？」

セシルと一緒にメテカルについた翌日。

町を散歩していた僕たちは、古い店の敷地にある石碑に気づいた。

ずいぶん古そうだ。

表面には苔がびっしり張り付いてて、刻まれた文字も消えかけてる。

「……『白き結び目の祭り』は奴隷をねぎらう祝祭。互いの絆を確かめるための……セシル、続き読んで」

「はい。5年周期でそういうお祭りがあるみたいです。一番近いのは……あれ？」

「どしたのセシル」

「今日ですね。『白き結び目の祭り』」

子犬のように首を傾げて、奴隷少女のセシルは言った。


「あー、そんなお祭りもあったねぇ」

宿に戻った僕たちは、宿の女主人に祭りのことを聞いてみた。

「『白き結び目の祭り』ってのは、かなり古い祭りさね。『契約の神様』に関わるものなんだけど、もうやってる人もいないんじゃないかねぇ」

「奴隷をねぎらうお祭りなんですよね？」

「……興味があるのかい？」

女主人は、値踏みするように僕を見た。

それからセシルを見て、肩をすくめてため息をついた。

「うちに記録が残ってたはずさ。先祖がこの町のそばに住んでた魔法使いと知り合いだったんでね」

女主人は手を挙げて従業員を呼んだ。

『奴隷をねぎらうお祭り』かぁ。

つまり、いつも一生懸命働いてくれる人を、雇い主がもてなすってことだよな。

「……社員旅行みたいなものかな？」

「なんだいそれ？」

「いえ、こっちの話です」

僕たちはここまで旅してきたわけだし、社員旅行みたいな旅先のイベントって考えるとわかりやすい。

『白き結び目の祭り』、普段働いてくれてる人をねぎらうお祭り。

つまり、ごほうびとしての社員旅行。宴会つきのやつってことか。

……実は社員旅行って、結構あこがれてた。

バイト先で社員の人たちが「楽しかったんだぜ！　すげー楽しかったんだ信じてくれよ！　写真

見ろよ話聞けよ！」って、旅行のあと必死に訴えてたから。

不思議なくらいやつれてたけど。

きっとそれくらい必死で楽しんだってことなんだろうな。

「『白き結び目の祭り』は奴隷に報いるための社員旅行……それなら、やった方がいいかな」

僕はテーブルの向かい側でパンを食べてるセシルを見た。

細い身体（からだ）。着ているのは丈の短い布の服。肩の上には革の首輪。

固いパンを少しずつちぎって、スープに漬けてもぐもぐと食べてる。

セシルは僕に文句も言わずについてきてくれてる。

でも、僕はセシルにたいしたことしてあげてないんだよな。

……よし、奴隷をねぎらう祭りがあるなら、それでセシルにお返しをしよう。

でないと、僕がブラックな雇い主になっちゃうかもしれないし。

「よければ、その『白き結び目の祭り』について教えてもらえませんか？」

僕は女主人に聞いた。

でっぷりとした体型の女主人は、たるんだ顎（あご）を揺らしながら、

「まずは『契約（コントラクト）』するんだね」

「『契約』？」

「あんたが奴隷に対して『今日一日、指輪の拘束力を使わない』って『契約』するのさ。すべては奴隷の自由意思に任せる。ねぎらうってのはそういうことだろ？

もうひとつ。奴隷が嫌がったら儀式をやめる。重要なのはそこさ」

そう言って、女主人は従業員が持ってきた羊皮紙の束を、僕に差し出した。

「詳しいことは、ここに書いてあるよ。まぁ、やってみるんだね」

ふん、と、女主人は鼻をならした。


部屋に戻った僕は、もらった羊皮紙を読んでいた。

かなり古いものらしく、ところどころ変色してる。

ということは歴史あるもの。つまり本物の可能性が高い。

あの女主人が適当に考えたものだとしても、セシルをねぎらえればそれでいいんだけど。

羊皮紙は4枚。

それぞれに、主人と奴隷の絆を深めるための儀式が書いてある。

今日一日、指輪を使わないって『契約』はさっき済ませた。

で、最初の儀式は、

『最初の儀式
普段の働きに感謝しながら、主人が奴隷の背中をすみずみまで拭(ふ)いて綺麗(きれい)にする』

そして部屋のドアの前には、ほかほかのお湯が入った手桶(ておけ)がある。

身体を拭くための布までついてる。

気をきかせた宿屋の従業員が、さっき持ってきてくれたんだ。

そっか。僕がセシルの背中をあれで綺麗に拭くのかー。

確かに、社員旅行で温泉に行ったりするけどさ。

そっか、社員の人たちは旅行先で、社長や管理職に背中を洗われたりしてたのか。あるいは逆か。

ハードル高いよなぁ。そりゃやつれるのも無理ないよ。

「あのさ、セシル」

僕はベッドに腰掛けて、セシルに問いかける。

「はい、ナギさま」

セシルは相変わらず床にぺたん、と正座して、僕を見上げてる。

「僕はセシルをねぎらいたいと思ってる」

「はい、ナギさま。ありがとうございます」

「でも、セシルが嫌がるようなことはしたくない」

「もちろん、わかってます」

「というわけだから、1枚目と4枚目の儀式はなしにしようと思うんだ」

「わかりました。ナギさまがそうおっしゃるなら」

しゅる。

セシルは僕に背中を向けて、服を腰のあたりまで下ろした。

褐色の、きゃしゃな背中が現れた。

つやつやした、なめらかな肌。

セシルは自分の肌の色が嫌いだっていう。

別に嫌うことないと思うんだけどな、綺麗だし。

セシルは肩に手を回して、長い髪を左右に分けて、前の方に流した。

細い首に巻き付いた首輪の金具が、ちゃりん、と、鳴った。

そのままセシルが胸を手で押さえたから、肩胛骨が浮き出て見えた。

無駄な肉なんかついてない。

もうちょっと肉がついた方がいいんじゃないかと思う。綺麗だけど。

異世界に来てびっくりしたのは、こんな綺麗な女の子が本当にいて、生きて動いてるってこと。

セシルは僕の目の前で、僕が背中に触れやすいように身体の位置を調整してる。お尻が見えそうになるくらいずり落ちた服を、上げたり戻したりずらしたり。ちっちゃな足の指を閉じたり開いたり。

目の前の光景に頭がぼーっとなる。同じような言葉しか出てこない。

「……お願いします、ナギさま」

銀色の髪を押さえながら、セシルが肩越しに振り返る。

セシルはこんな小さな身体で、いつも僕をサポートしてくれてるんだよなぁ。

よーし、今日は全力でセシルをねぎらおう——って。

「あのさ、セシル」

「は、はいナギさま」

「背中を拭く儀式はしないって言ったよな？」

「はい、うかがいました」

「じゃあなんでそんな格好に？」

「ナギさまがどうしてためらうのか、わからなかったからです」

「セシルだって抵抗あるだろ。男のひとに身体を拭いてもらう、なんて」

「ナギさまなら、いいです」

またそういうこと言う。

「ナギさまはいつも、わたしの肌が綺麗だって言ってくださいますよね？」

「うん。だって綺麗だから」

「でも、わたしは、自分の肌が嫌いです。魔族――じゃなくてダークエルフに見えるこの肌のせいで、邪悪なものとしてみんなに嫌われてます。ナギさまだって、わたしと一緒にいるせいで白い目で見られてるかもしれないです」

言いながら、セシルは自分の腕を撫(な)でた。

「それでも、ナギさまにこの肌を洗っていただければ、好きになれるような気がするんです。大切なひとが綺麗にしてくれたものを、嫌うわけにはいかないですから」

……逃げちゃだめな場面だよな。ここは。

『セシルの肌は綺麗。でも触れるのは嫌だ』なんて言えないもんな。

覚悟を決めよう。

僕はセシルのご主人様なんだからさ。

「わかった。でも、嫌だったらちゃんと言って」

僕は桶(おけ)に手を入れて、お湯の温度を確認する。

よし、適温。

布をお湯にひたして、セシルの背中に当てた。

「――――ひゃぅっ」

「熱かった?」

「だ、だいじょうぶです……続けてください」

「うん」

手早く。丁寧(ていねい)にいこう。

僕はセシルの首筋に、布を置いた。

汗ばんだセシルの肌が、ぴくん、と震えた。

僕は上から下へ。セシルの背中をなぞっていく。

背骨に沿って、その位置を確かめるみたいに。

「…………」

儀式としては「綺麗にする」だよな。

背中全体を拭けばいいよね。

右から、左へ。

僕は肩胛骨をなぞるように、ゆっくりと拭いていく。

「……セシル、くすぐったくない？」

「…………………まったくどうってことないです」

セシル、ぜんぜん動じてないな。

僕が意識しすぎなのか。そうだよなぁ。

元の世界の社員旅行では、（たぶん）普通にやってることなんだから。

「……ナ、ナギさまがためらう理由がわからないです。まったくどうってことないです。普通に気持ちいいだけです。毎日だってかまわないです」

そっかー。

毎日は僕の精神が保たないけど、たまになら。

セシルは平然としてるわけだし。

両手で口を押さえてるのと、呼吸が速くなってるのを除けば、いつも通りだ。

「もうちょっとで終わるから、続けても平気？」

「………ま、まったく……どうってこと……」

そっか。じゃあ続けよう。

これはセシルをもてなす儀式なんだから、本人が望むなら続けないと。

………ところで、わき腹って背中に含まれるのか？

まぁいいや、一応拭いておこう。

「……………っ!?」

ふるふるふるふるふる。

こら。こっちだって緊張してるんだから、あんまり身体動かすな、セシル。

ぺちゃ。

セシルの肘（ひじ）に当たって、僕が持ってた布が落ちた。

上げた僕の手はそのままセシルのわき腹を、ついーっ、と——

ふるふるふるふるっ！


セシルの身体がすごい勢いで震えたかと思うと——

「…………………………あう」

かっくん。

セシルはそのまま前のめりに倒れた。

「セシル？」

「だいじょぶですなぎさま…………………わたしはまったくもんだいないです」

「魔族には他人に触れられてはいけない場所があったとか？」

「いえ、これは女の子としてとても正常な反応です」

こくこくこくこく。

ぶんぶんぶんぶん。

セシルは必死にうなずいて、それから首を横に振った。

なにがなんだかわからないってば。

「一応、背中は全部拭いたから、これでいいよな」

「これで大丈夫じゃなかったら困ります」

「でも、僕があんまりうまくなかったから、もうちょっと念入りにやった方が」

「ナギさま」

「なんだよ、セシル」

「ナギさまはわたしの理性が無限にあると勘違いしてませんか？」

なんで涙目でこっちを見てるの？


僕はおとなしく部屋を出た。

まったく。

「理性が無限にあると勘違いするな」なんて……こっちのセリフだ。

『第2の儀式
奴隷と主人が手ずから同じものを分け合って食べる』

うん。これはわかる。

要するに、宴会でお酌をするようなものか。

そんなわけで、僕とセシルは町に出た。

大通りには屋台が並んでいる。商業都市だけあって、人通りも多い。

僕は一番人が並んでる屋台を選んだ。

なにがおいしいのかなんてわからないからね。ここは現地の人を信じよう。

「お待たせ、セシル」

僕たちは通りの隅の植え込みに腰掛けた。

屋台で売ってたのは「ケルパナ」っていう食べ物だった。

刻んだ肉を生地で包んで、上からソースをかけてある。

甘くないクレープか、柔らかい春巻ってイメージだ。

「同じものを分け合って食べるんだよな?」

「はい、手ずから」

「手ずから?」

「奴隷の身でこのようなことをお願いするのはとても心苦しいです」

セシルは立ち上がり、僕に向かって深々とお辞儀をした。

「けれど、わたしをねぎらってくださるという、ナギさまのご意志にお応えしたいと思います」

そう言ってセシルは僕の目の前でひざまずいた。

目を閉じて、小さな口を開けた。

親鳥からご飯を与えられるのを待つ、雛鳥(ひなどり)みたいに。


つまり……僕は自分の手で、このケルパナをセシルに食べさせなきゃいけないわけだ。

難易度高いな『白き結び目の祭り』。

大通りは人であふれてる。みんな買い物に集中してて、僕たちのことなんか見てない。

よかった。

セシルみたいな女の子を目の前でひざまずかせて、口を開けさせて——僕の世界だったら職務質問その後確保されてるレベルだ。

「じゃあ、いくよ、セシル」

僕は小さくちぎったケルパナをつまんで、セシルの口元に持って行く。

「ここでなにをしている？」

声がした。

振り返ると、フードをかぶった男性が僕たちの後ろに立っていた。

「例の冒険者と邪悪なダークエルフか。ここでなにをしているのだ？」

「……『イトゥルナ教団』の人？」

見覚えがあった。

街道で、僕とセシルをリタ神官長に取り次いでくれた奴だ。

『レヴィアタン』の攻撃で麻痺してたはずだけど、回復してメテカルに来てたのか。

「お前はまだダークエルフの奴隷などを連れ歩いているのか」

「余計なお世話だ」

「言っておくが、魔族とダークエルフだけは信用してはならぬぞ」

あたりをはばかるみたいに、男性はこっちに顔を寄せてくる。

「魔族やダークエルフはすぐに裏切る。一見、忠誠を誓っているように見えても、その本心は人とは相容れない」

「普通の人間とは、だろ」

僕は異世界からの来訪者だし、そのカテゴリには当たらない。

「セシルは僕を助けてくれてる。あんたにとってはどうなのかは知らないけどさ、僕はセシルを信じてるんだ」

「それが甘いというのだ。こいつらは人間を見下しているのだぞ！」

こっち指さすな。あと大声出さないで、目立つから。

「魔力に長けたデミヒューマンが、人間を触れるのも汚らわしいものとして扱っていたという伝承が、『イトゥルナ教団』には残っているのだ」

「へー」

「へー、ではない！　こいつらは常に指輪の力で縛っておくべきなのだ！」

……早くどっか行ってくれないかな。

でないと、セシルがずっとお座り子犬ポーズのままだから。

なのに教団の男は、僕に向かって話し続ける。

「お前はわかっていない。ダークエルフは人間を汚れたものだと思っている。決して心の底から忠誠を誓ったりはしない。この少女も、お前に触れることさえも嫌がっている——はず」


ちゃぷ。


いきなりだった。

ひざまずいていたセシルが、僕が持つ異世界クレープ「ケルパナ」に触れた。

首を伸ばして、顔を寄せて。桜色の唇で。

僕が人差し指と親指で挟んだ異世界クレープ「ケルパナ」。

セシルはそれに歯を立てる。僕の指を傷つけないように、そっと。

赤い目で僕を見上げながら、大切そうにそれを噛んでから、飲み込む。

それから、僕の手に残ったケルパナのかけらを見て——

「……失礼します、ナギさま」

ちゅぷん。

セシルは僕の人差し指を、口に含んだ。

そのまま、小さな舌がケルパナのかけらを舐め取っていく。

全部綺麗にしてから、セシルは僕の手を取り、親指と掌に唇をつける。小鳥がついばむみたいに、ソースと、生地の粉を舐め、吸い取っていく。

邪魔にならないように、銀色の髪を片手で押さえて、セシルは一生懸命に小さな頭を僕の手に押しつけてる――。

「ど、奴隷であり嫁(よめ)であるとはこういうことか⁉」

「いきなり叫ぶなイトゥルナ教団の人っ！」

「こ、これが嫁？　奴隷嫁かっ？　なんてことだ⁉」

「あれ真に受けてたの⁉」

「そういうプレイ……こんな小さな少女に、毎朝毎日毎晩こんなことをさせているとは……」

「させてねぇよ。今日はたまたまだよっ」

「もはや貴様の魂は深淵(しんえん)まで汚れてしまっているに違いない！」

「汚れとか関係ねぇから。というか、これってお祭りの儀式じゃないのか？」

「祭り？　まさか……『白き結び目の祭り』か？」

『イトゥルナ教団』の男性が、信じられないものを見るような顔になる。

「おまえたちは正式な儀式にのっとって『白き結び目の祭り』を行っているというのか？」

「うん」

「指輪の力を使わずに？」

「使ったら奴隷をねぎらうことにならないだろ？」

「……ありえない。ダークエルフの少女と人間の少年が……なんとうらやま、いや、汚れて――いやそれでもうらやま――違う。あの、そのあの」

「わかるように頼む。20文字以内で」

「……一緒に冥府(めいふ)の爆炎に灼(や)かれてしまえ異端の者めえええええええええええっ！」

『イトゥルナ教団』の男性は、不意に僕たちに背中を向けて走り出した。

そして、あっという間に見えなくなった。

なんなんだ一体。


神官は息を切らせて立ち止まった。

信じられない。

『白き結び目の祭り』が行われなくなったのは、最後まで実行するのが恐ろしく難しいからだ。

奴隷とそこまでの信頼関係を築いている主人などいない。

いるとしたら、それは信頼を超えたもの。例えば――

あーっ！　やめだやめだ！

自分は女神イトゥルナに仕える神官なのだ。

あんなうらやまし――汚れた少年のことは忘れろ！

さっさと教団支部に行こう。

怪魚に襲われた件とリタ＝メルフェウスの扱いについて、報告をしなければ。


「……なんであんなことしたんだよ、セシル」

「つい、かっとなってやりました……うぅ」

反省はしてなそうだった。

「真っ赤になるくらいならやらなきゃいいのに」

まったくもう。

僕はセシルの頭に手を乗せた。

「……えへへ」

小さな頭を撫(な)でると、セシルはくすぐったそうに笑った。かわいい。

けど、ご主人様の理性を試すのはほどほどにね。くせになったら困るから。

『第3の儀式
契約の神様の神殿の女神像の前で主人と奴隷が共に、一緒にいられることに感謝する』

これは社員旅行で神社仏閣に行くようなもんか。

僕はセシルの歩幅に合わせて、『契約の神殿』に向かった。

神殿は僕の世界の教会と似たかたちで、誰でも入れるようになっていた。

中はだだっぴろい部屋の奥に、大きな女神像があるだけ。

優しそうな笑みを浮かべてる若い女性の像で、手には錠前と鍵束(かぎたば)を持っている。

「ここでは普通にお願いをしてもいいんですよ、ナギさま」

「『契約』関係じゃなくても？」

「はい。『契約の神様』は『結びつける神様』って言われてますから」

『契約』は人と人とを約束で結びつけるもの。

それが転じて今の自分を、未来の──夢を叶えた自分と結びつけるって御利益があるってことだ。

とりあえず僕は「働かないでも生きていけますように」って願った。

セシルは隣で「──魔族の血──未来へ──ナギさまとの」って言ってるような気がしたけど、よく聞こえなかった。というか、人のお願いを聞くってのはマナー違反だよね。

神殿には『契約』の由来が書かれた銅板があった。


『契約の神様』がこの地に『契約』のルールを作ったのは、善意から。

人の欲望には歯止めがない。

それをとどめるために神様は、人間と対等のものとしてエルフやドワーフなどのデミヒューマンを作った。

けれど、それでも人間の欲望をとどめるには足りなかった。

だから『契約の神様』は『契約』の強制力を作った。

『契約』した分だけは、自分の欲求を満たしてもいい。

でも、そこで満足するべきなのだ。

人の欲望を押さえ込むことはできない。

だから『契約の神様』は限定して解放することにした――

そういうルールだったらしいけど……あんまり目的を果たしてないよね。

異世界人の僕が文句を言えた義理じゃないけどさ。

僕の世界では書面での雇用契約だってちゃんとしてなくて、善意やなぁなぁで仕事させられてたからなぁ。

『契約の神様』――僕は奴隷をできるだけ大事に扱いますから。

ブラックな雇い主にはならないようにしますから。

どうか、こっちの世界では楽に生きられるようにしてください。ぱんぱん。

「主人と奴隷がそろって契約の神殿に詣(もう)でるのは珍しいのぅ」

長い髭(ひげ)を生やし、ローブを着た老人が、神殿の奥から現れた。

この神殿の神官かな。

「主人が、奴隷を無理矢理連れてくることはあるがな。お主たちもその口か?」

「僕たちは社員旅行です」

「しゃいんりょこう?」

「たまにはセシルにごほうびを――って、あれ?」

神官の老人が、どん引きしてる。

「今日この時に？　まさか『白き結び目の祭り』かっ!?」

だからなんでいつもその反応なんだよ。

そろそろ不安になってきた。やめようかな、これ。

「このお祭りって、やっても問題はないんですよね？」

「お主たちに異論がなければ」

「もしかしてこれ……魔法の儀式ですか？」

「それはわからぬが、この儀式は魔族が始めたものと言われておる」

「魔族が？」

ぴくん、と、セシルの耳が動いた。

僕と老人の話の邪魔をしないようにしてるのか、黙って僕たちを見てる。

「『契約の神』のルールを魔族が研究したことで生まれた儀式だと言われておる。すたれたのは、最後まで実行できるものがいなかったせいじゃ。ただ、これを行うと奴隷と主人の絆が強まる、という話だけが残っておる」

「強まるって、どんなふうに？」

「互いが本当の信頼関係を結んでいた場合、それを証明することができる、と」

「他には？」

「魔族の儀式の効果なんぞ詳しく知っているものがおるものか」

そういう差別ってよくない。文化遺産って大事なのに。

「……ナギさま」

くい、と、セシルが僕の袖を引いた。

「わたし、最後までこのお祭りをしたいです」

「うーん」

僕としては、このへんで止めていいと思ってるんだけど。

だんだん話が怪しくなってきてるし。

「もうちょっと研究して、また次回ってわけにはいかない？」

「ナギさまが……そうおっしゃるなら」

だから、そんな泣きそうな顔しないで。

わかるけどさ、セシルにとって魔族がらみのものが特別だっていうのは。

とにかく……今のところ情報は「この儀式は主人と奴隷を強く結びつける。絆を深める」だけだよな。

それが『契約』によるものなら、僕が最終的に解除することもできるはず。

「わかったよセシル、最後までやろう」

僕はセシルの頭に手を載せた。

銀色の髪を、くしゃ、と撫でると、セシルはやっと笑ってくれた。

『白き結び目の祭り』は、セシルのための社員旅行みたいなものだから。

セシルの希望通りにしよう。

ただ……最後のはかなりハードルが高いんだけどさ。


老神官は自室で羊皮紙にペンを走らせていた。

今日はめずらしいものを見た。

主人とともに奴隷がこの神殿に来たのだ。しかも、奴隷が自ら望んで。

そんなことがありえるのだろうか？　いや、きっと冗談だろう。

奴隷が、自らを縛り付けている契約の神に祈りを捧げるなど……。

『白き結び目の祭り』は、契約の神がこの地に降りた時、魔族とふれあい、生まれたものだという。

『契約』が従わされるものを縛るものではなく、希望であると。

主人と奴隷が深くつながることによって、新たなる力を発揮して欲しいと——一人ではたどりつけない未来を切り開いて欲しいという願いのもとに、作り出されたものだと聞いている。

「しかし……伝承にある、主人と奴隷の時を超えた結びつきとは一体……。

いや……いかんな、これは異端の考えだ」

老人はため息をつき、書きかけの紙を暖炉に投げ入れた。


ぽわん。

ぽわん、ぽわん。

目の錯覚じゃないよな。

ぽわん、ぽわん、ぽわん。

さっきから、僕とセシルのあとを、小さな光の玉がついてくる。

触ろうとしても手がすり抜ける。他の人たちは反応してない。

「セシルには見えてる？」

「魔力のかたまりみたいです」

金色のシャボン玉みたいだな。これ。

悪いものじゃないならいいけど。

「最後の儀式はこのあたりでどうでしょう。ナギさま」

セシルはすっかりその気だ。

光の玉を連れて、僕たちは宿屋の裏へ。

まわりに人気はない。背の低い石壁と植え込みがあるだけ。

「……えへへ」

僕の前を歩いていたセシルが、銀色の髪を揺らして、振り返る。

「今日はまるで夢みたいな一日でした。こんなに楽しかったのって、生まれてはじめてです」

「そっか」

楽しんでくれたのなら、よかった。

『最後の儀式
今日一日のねぎらいに感謝して、奴隷が主人の額にくちづけをする』

僕はセシルの前で膝をつく。

そうしないとセシルが届かないから。

白い魔力の球体が、僕たちを取り巻いてる。

セシルに語りかけるみたいに、ふわふわと。

セシルは銀色の髪をかきあげてる。長い耳を見せて、球体の声を聞いてるみたいだ。

僕には聞こえない声が、魔族のセシルには聞こえるのかもしれない。


「わたし、セシル＝ファロットは、ソウマ＝ナギさまがくださったすべてのものに感謝します」

呪文を詠唱するように、セシルは語り始める。


「ナギさまはわたしの身体を洗ってくれました。おかげで、わたしはこの肌が好きになりました。ナギさまがきれいだって言ってくださったものを、わたしが嫌うわけにはいかないですから」

「ナギさまはわたしに手ずからご飯を食べさせてくれました。この身体の中に、ナギさまを少し、取り込んでしまったような気がします」

「ナギさまと神殿で一緒にお祈りしました。わたしは、心の深いところでナギさまとつながりました」


ちょっと待った。

セシル、なんでこんなにスラスラと言葉が出てくるんだ？

まさか、ここまで来て、セシルにはこの儀式がどういうものかわかったとか？

僕はセシルの中から伝承記憶として『古代語詠唱』を引き出した。

同じことがこの儀式の中で起こってておかしくない。

「待ったセシル。この儀式の正体って——」

「だからわたし、セシル＝ファロットは、ナギさまとのもっと強い絆を望みます。この『白き結び目の祭り』の儀式をもって」

セシルは白い光を綺麗な銀髪に宿らせ——目を閉じて、ゆっくり近づいてくる。

『あなたはこの奴隷を大切にしていますか？』

声が聞こえた。

セシルにも聞こえているのかもしれない。

儀式が完成に近づいているせいか、魔力の塊が僕にささやきかけてる。

『あなたにとって、この奴隷は大切なものですか？』

聞くまでもない。

「セシルは僕にとって、大切な家族みたいなもんだよ」

『彼女のすべてを受け入れることができますか？』

「むしろこっちが受け入れてもらえるかどうか心配なんだけど」

『あなたはこの奴隷との、より深い結びつきを望みますか？』

「――具体的には？」

『未来永劫（みらいえいごう）の「主従契約」』

『次に生まれる時も、その次に生まれる時も――』

『この主人とこの奴隷は、生まれながらの主従となるでしょう』

セシルの顔が近づいてくる。

息が、僕の額にかかってる。

『あなたがそれを望むなら、奴隷の口づけを受け入れなさい――』

僕の答えは決まってる。


「セシル、ストップだ。儀式について再確認しよう」

「ああっだめですナギさまっ！　未来永劫わたしをもらってくだ――」

セシルが地面を蹴って(け)ジャンプするのと、僕が立ち上がるのと、同時だった。

細い腕が、僕の首にまわされる。

小さな身体が、必死にしがみついてくる。

そして――


ちゅっ。

顎(あご)だった。


僕たちを取り囲んでいた白い球体が、一斉にぱちん、とはじけて消えた。

儀式不成立ってことらしい。

「……ナギさま……いじわるです」

「結局セシルは、あの儀式のことをどこまで知ってたんだ？」

「くわしい内容がわかったのは、たくさんの魔力に触れてからです」

僕たちが儀式を途中まで成功させたことで、地面や空気に宿る魔力がかたちを取ってあらわれた。

そして、セシルに儀式の内容を伝えた。

あれは奴隷に最終意思確認をするために現れたんだ。

──生まれ変わっても、あなたはこの人のものになりたいですか？──って。


それにセシルがどう答えたかは……このつやつやした顔を見ればわかるよね。

ほっぺた膨らませてるけどさ。

というかわかった時点で言えよ。僕の同意も得ようよ。

未来永劫『主従』にするって時点で駄目だろ。

未来永劫、ふたりを結びつけるだけなら、僕だって別に文句はなかったんだ。

「だってナギさま。わたしに恩返しさせてくれないじゃないですか」

そんなジト目で見られても。

「わたしにはこの心と魂と身体しか、ナギさまにあげられるものがないんですよ？」

「恩返しとかいいって。セシルはしっかり働いてくれてるんだからさ」

「……いつになったらナギさまはご主人様としての立場を自覚してくださるんでしょう」

「なんで上から目線なんだよ⁉」

「この次もうまく行くとは思わないでください！」

「しかも脅迫⁉」

「わたし、今まで自分が嫌いでした——魔族の自分が」

すぐ近くで僕を見上げてくる、セシルの顔。

最後の方は、もちろん小声だったけど。

「でも、ナギさまに出会って、自分を好きになれるようになったんですよ？　わたしの血が生み出したスキルが、ナギさまをお助けすることができたんですから」

「僕だってセシルに助けられてるんだから、それでいいだろ？」

「もー！　ナギさまってば、もーっ！」

だからなんで怒ってるんだよ。

しかもうれしそうに怒るって器用だな！

ちなみに、４つの儀式にはこんな意味があったらしい。

奴隷を洗う＝儀式のために、主人の手で身体を清める。

ご飯を食べさせる＝これからも食を共にする誓いの儀式。

神殿＝３つの儀式をクリアしたことを『契約の神様』に報告する。

キス＝すべての儀式が完了したことの証。

こんな条件をクリアできる主従なんて、滅多にいないよなぁ。

僕たち——というか、セシルが特別なんだけど。

「ナギさま」

「うん」

「今回の『未来永劫主従契約』は駄目でしたけど、生きている間、わたしがナギさまとご一緒するのはいいですよね？」

「それは、うん。もちろん」

知識も、魔法の力も、その他にも、セシルの全部が僕を助けてくれてる。

元の世界に戻ってもあんまりいいことないし、戻りたいとも思わない。

だから、セシルが望む限り、僕たちは一緒にいるんだろうな。

「ずっとですか？」

セシルは赤い瞳をきらきらさせて、僕を見上げてる。

僕はうなずく。

「確認です。わたしはずっと、生きてる間はナギさまと一緒にいてもいいんですか？」

「いいよ。セシルが望む限り」

「2年後も3年後も……5年後も？」

「もちろん。まぁ、そんな先のことは想像もつかないけど」

「先のことなんかわかりませんからね。ナギさまのお考えだって変わるかもしれません。変わって欲しいです……いえ、むしろ、わたしのすべてを賭けて変えてみせます！」

なにやらかす気だセシル。

「でも、ナギさま。ひとつだけ、決まってることもあるんですよ？」

セシルはそう言って、僕の額に向かって手を伸ばした。

「5年も経てばわたしだって少しは背が伸びるはずです。次のお祭りの時には覚悟してくださいね、ナギさま――」

決意を秘めた顔で、セシルはそう宣言したのだった。


【番外編】「ナギとセシルと『白き結び目の祭り』」おしまい

あとがき

この本を手にとっていただいて、ありがとうございます。

はじめまして、千月（せんげつ）さかきです。


この小説は「小説家になろう」様にて、２０１６年の2月から連載をはじめたものです。

ＷＥＢ版をみなさんに読んでいただいて、しばらく経ってから「カドカワＢＯＯＫＳ」さまより書籍化のご提案をいただき、こうして本にしてお届けすることができました。


書籍化のお話をいただいたのは、２章を書いている途中でした。

まだ2章も序盤で、先の見えない状態なのに、書籍化のお話を受けていいのかな、と戦々恐々でしたが、編集様、イラストレーター様、そしてなにより「小説家になろう」で、このお話を読んでくれたみなさまのおかげで、なんとか書籍化することができました。

ＷＥＢ版を読んでくださったみなさま、感想やコメントをくださったみなさま、本当にありがとうございました。


この書籍版は、ＷＥＢ版に新規エピソードを追加したものです。

あのシーンの間には何があったのか。リタやセシルはこんなことを考えていた、など、細かいところもいろいろと追加しています。WEB版を読んでくださった方にも、はじめてこのお話を手にとっていただいた方にも、楽しんでもらえるものになっていればうれしいです。

この先、物語がどう進んでいくのか、主人公ナギと、チートキャラになってしまった少女たちがどんな未来にたどりつくのか。どれくらいいちゃいちゃするのか。近づいていく距離と、エスカレートしていくスキンシップにナギの理性は耐えられるのか。「嫁」というからには「婚約」「結婚」はするのか。

そしてナギと少女たちは『能力再構築(スキル・ストラクチャー)』のスキルで、どれくらい深く繋がっていくのか……などなど。

試行錯誤しながら続いていく物語に、最後までおつきあいいただければうれしいです。

最後に、もう一度お礼を。

WEB版を読んでいただいたみなさま、感想やコメントをくださったみなさま、ありがとうございます。編集K様、たくさんの小説の中からこのお話を見つけてくださったことに感謝しています。東西(とうざい)様、作者の想像を超えて可愛らしいセシルとリタのイラストをありがとうございます。そして、これからもよろしくお願いします。

最後まで読んでいただいて、ありがとうございました。

もしもこのお話を気に入っていただけたなら、また次巻でお会いしましょう。

千月　さかき

カドカワBOOKS

異世界でスキルを解体したらチートな嫁が増殖しました
概念交差のストラクチャー

平成28年10月15日　初版発行

著者／千月さかき

発行者／三坂泰二

発行／株式会社KADOKAWA
http://www.kadokawa.co.jp/

〒102-8177
東京都千代田区富士見2-13-3
電話／0570-002-301（カスタマーサポート・ナビダイヤル）
受付時間 9：00～17：00（土日 祝日 年末年始を除く）
03-5216-8538（編集）

印刷所／大日本印刷

製本所／大日本印刷

Printed in Japan
ISBN 978-4-04-072065-4 C0093

新文芸宣言

かつて「知」と「美」は特権階級の所有物でした。

15世紀、グーテンベルクが発明した活版印刷技術は、特権階級から「知」と「美」を解放し、ルネサンスや宗教改革を導きました。市民革命や産業革命も、大衆に「知」と「美」が広まらなければ起こりえませんでした。人間は、本を読むことにより、自由と平等を獲得していったのです。

21世紀、インターネット技術により、第二の「知」と「美」の解放が起こりました。一部の選ばれた才能を持つ者だけが文章や絵、映像を発表できる時代は終わり、誰もがネット上で自己表現を出来る時代がやってきました。

UGC（ユーザージェネレイテッドコンテンツ）の波は、今世界を席巻しています。UGCから生まれた小説は、一般大衆からの批評を取り込みながら内容を充実させて行きます。受け手と送り手の情報の交換によって、UGCは量的な評価を獲得し、爆発的にその数を増やしているのです。

こうしたUGCから生まれた小説群を、私たちは「新文芸」と名付けました。

新文芸は、インターネットによる新しい「知」と「美」の形です。

2015年10月10日
井上伸一郎

元令嬢様の華麗なる戦闘記
捨てられた“悪役令嬢”の
大逆転劇！
仲間と共に、
祖国を
奪還せよ！
PRESENTED BY YUMENEKO
夢猫
ILLUSTRATION:AKITO ITO
伊藤明十
異世界からきた“聖女”の企みにより国を追放された公爵令嬢
シルティーナ。二年後、隣国のギルドに渡り二つ名を持つほど
の冒険者となった彼女のもとに、ある依頼が届き――。
元令嬢様の祖国奪還の旅がはじまる！

リトルテイマー
Little Tamer
Kou Kannaduki Presents
『レジェンド』の神無月紅、新作!!
少年の武器は、「モンスターにモテること」!?
STORY
英雄に憧れる田舎育ちの少年、アース。
だが、彼には剣や魔法の才能はなかった。
森で凶暴なモンスターに襲われ絶体絶命の
アースを救ったのは、野生の青いリス?
一人じゃ無理でも、相棒と一緒なら……!?
著 神無月紅 ill. さいとうなおき
web小説サイト「カクヨム」掲載作品、待望の書籍化！
カクヨム

没落予定なので、
鍛冶職人を目指す
著 CK 絵 かわく
もし、乙女ゲームの
嫌われ男性貴族（モブ）が
鍛冶職人を目指したら——!?
1〜2巻
絶賛発売中
!!!!
ゲームのモブ貴族に転生した俺。
将来は悪役令嬢と結婚するも没落し、
悲惨な生活——って、そんなの嫌だ！
未来のため手に職をつけようと奮闘するうち、
妙な方向に物語は回り！？
没落（予定）貴族の逆転コメディ！
カドカワBOOKS
四六単行本